奴隷城

Doreijyo ; MATSURI KOUZUKI

高月まつり

もえぎ文庫

奴隷城

contents

この物語はフィクションです。
実在の人物・団体・事件等には一切関係ありません。

奴隷城

蜻蛉《とんぼ》を掴《つか》まえて頭を指先でつまみ、丁寧《ていねい》にねじって外していく。

それを何度も何度も繰り返し、いくつもの胴体《どうたい》と頭を作った。

頭を失っても動き続ける胴体。千切《ちぎ》れた頭には虚空《こくう》を映す複眼《ふくがん》。

弱々しくもがく胴体に、再び千切れた頭を繋《つな》いでやる。

違う頭を繋がれても、蜻蛉はさもそれが我が頭と言わんばかりに飛び回る。

はたはた。

はたはた。

壊《こわ》れた機械のように、くるくると空に舞う。

それはほんのひとときの間だけで、まもなく蜻蛉は地面に落ちた。

首のすげ替えのような残酷《ざんこく》な遊びを、幼《おさな》い頃は飽《あ》きもせずによく行ったものだ。

今ではそんな戯《たわむ》れをすることはなくなったが、それでも。

それでも、落ちて動かなくなった蜻蛉達は、実は自分を騙《だま》していて、真夜中になると再び月夜を飛び回っているのではないかと、そう思うときがある。

月光《げっこう》に照らされ、異形《いぎょう》の蜻蛉がぎしぎしとひしめき合いながら浮遊《ふゆう》する。

はたはた。

はたはた。

その姿はあまりに哀《あわ》れで、しかし魅了《みりょう》されるほど美しいに違いない。

郵便局が開くのを待ち、朝一で東京市の出版社に原稿《げんこう》を郵送した桐生響《きりゅうひびき》は、散歩《さんぽ》がてらに、仮住まいの屋敷《やしき》周りをだらだらと歩いていた。

「……二度寝するかな」

彼は徹夜《てつや》でやつれた顔で呟《つぶや》き、髪を乱暴《らんぼう》に掻《か》き上げながらあくびをする。

白い開襟《かいきん》シャツにスラックスという、この時代ならどこにでもある服を着た青年だが、容姿《ようし》がとんでもない。

細面《ほそおもて》に鋭《するど》い二重《ふたえ》の目、乱暴に扱ってなお艶《つや》やかで美しい髪。日本人にしては背が高く均《きん》整《せい》の取れた体格で、まるでどこぞの二枚目役者のようだ。

響は再びあくびをすると、ぐっと腕を持ち上げて伸びをする。

世の中は未曾有《みぞう》の混乱期《こんらんき》を抜けようとしていた。

敗戦後、進駐軍《しんちゅうぐん》は港にはびこり、闇市《やみいち》はにぎわい、特攻崩《とっこうくず》れや浮浪児《ふろうじ》達はこそこそと悪さを働いている。

財閥《ざいばつ》は解体され、見栄《みえ》や虚栄《きょえい》だけで生きていた上流階級の人々は商才《しょうさい》がないかぎり、太陽が西の空に沈んでいくように没落《ぼつらく》していった。

この、暢気《のんき》にあくびをしている響の生家《せいか》もただでは済まなかった。

桐生家は、華族《かぞく》では名門であったが、当主が戦犯《せんぱん》として処分された際に財産没収《ぼっしゅう》の憂《う》き目《め》にあい没落してしまう。

兄弟達は次々と身を持ち崩し、あっという間に哀れな最後を迎えたが、響は違った。

身一つで屋敷から追い出された後、戦前よく訪《おとず》れていた鎌倉《かまくら》のホテルへと向かった。

庶子《しょし》である彼は華族のプライドなど持ち合わせていなかったし、贅沢《ぜいたく》な生活にも「面白《おもしろ》い経験をした」と未練がなかった。また、その生《お》い立ちからか「もしもの場合」がいつ来てもいいように心得ていた。

響は目当てのホテルに着くなり、彼を出迎えたホテルの末息子《すえむすこ》に「しばらくここに住まわせて貰《もら》う」と言った。彼は響よりも確実に年上で、しかも響の財布の中には安ホテルにさえ一泊できるかどうかの金額しか入っていないのに、態度だけは一人前だった。

明治時代に作られた荘厳《そうごん》な立花《たちばな》ホテルの末息子・立花優司《ゆうじ》は、医師《いし》として従軍《じゅうぐん》して大陸から引き揚《あ》げたばかりだったが、突然訪れて図々《ずうずう》しい台詞《せりふ》を吐《は》く響に嫌な顔をすることなく、おっとりとした育ちのよい容姿と同じように、のんびりと微笑《ほほえ》み、離れの屋敷を無償《むしょう》で貸してくれた。

『お前のお母さんにはとても世話になったからね。好きなだけいてくれて結構だ』

　響は「それはありがたいが、末息子が勝手《かって》に決めてもいいのか？」と苦笑したが、立花は「兄達は運悪く、みな戦地に散ってしまったのだよ」と肩を竦《すく》めた。

『だから俺が、このホテルの主《あるじ》だ』


　そして響は、文字通り自堕落《じだらく》な日々を過ごすこととなった。

　彼の端正《たんせい》な容姿に、近隣《きんりん》の娘達や後家《ごけ》が噂をし、垣根《かきね》の向こうから離れの庭を覗《のぞ》き込んでは「今見えた！」と頬《ほお》を染めた。

　誰かが口を滑《すべ》らせた話に尾ひれがついて広がり、気がつくと響は「可哀相《かわいそう》な没落華族のご令息《れいそく》」ということにされ、頼みもしないのに女性達は身の回りの世話をし始めた。

　最初は、ただで使用人を雇《やと》えたと喜んだが、そんな単純な話ではなかった。

　だらだらと何もせずに暮らしたい響に対し、「職を見つけなくてはだめだ」と小言《こごと》を言い始め、しまいには響の妻か恋人のように振る舞いだしたのだ。

そういう存在がもっとも面倒《めんどう》臭い。

響は、当然のように離れを訪れていた女性達から合い鍵《かぎ》を奪《うば》い、「二度と俺に関わるな」と追い払った。

しかし、響が袖《そで》にすればするほど、彼女達は「私のありがたみが分からないのね」と熱を上げる。

ほとほと閉口《へいこう》していた響に、「これでも読んで気分を紛《まぎ》らわせたらどうだい？」と立花が巷《ちまた》に溢《あふ》れている雑誌を山のように持ってきた。

まだまだ粗悪な作りで、雑誌と呼ぶには気の毒な小冊子《しょうさっし》だが、それでも本を読むことが嫌いでない響にとっては慰《なぐさ》みになった。

「ねえ、ねえ響さん」

「家の中に入れてよ、響さん」

「顔を見せてよ。ねえ」

響は、離れの玄関先《げんかんさき》でうろうろしている女達をひたすら無視し、読書に耽《ふけ》った。

そんな折、濡《ぬ》れ縁《ぶち》で茶を飲んでいた立花が、「どうだい？　ひとつ、投稿《とうこう》なんぞしてみないかい？」と響に提案《ていあん》した。

「投稿？　小説をか？」

響は読んでいた雑誌を閉じると、肩をすくめて小さく笑った。

「知り合いに出版社の人間がいてね、どこかにいい新人さんはいないもんかねと言われたんだ。みな娯楽《ごらく》が欲しいんだよ」

「だからっていきなり俺に振る話か？」

「面白そうだから、やってごらんよ」

立花は「あはは」と笑うと、年下の居候《いそうろう》の頭を乱暴に撫《な》で回す。

「餓鬼《がき》扱いするな。鬱陶《うっとう》しい」

響は立花の手を頭から叩き落とすと、眉《まゆ》を顰《ひそ》めた。

「結構いけると思うんだけど。とにかく、書いてごらん」

「素人《しろうと》が原稿用紙に書くだけで済むなら、世の中小説家だらけだ」

「そう言わずに。退屈《たいくつ》が紛れると思ってさ」

立花はそう呟くと、笑顔のまま離れを立ち去った。

「退屈が紛れる、か……」

響はため息をついて、ぼんやりと庭を見つめた。

それからしばらくして、響は気まぐれを起こして原稿を書き上げた。

それは瞬《また》く間《ま》に立花の手から出版社に渡る。

先方は作品をいたく気に入り（もっとも、一番気に入ったのは元華族の庶子という響の身の上だったが）、雑誌掲載《けいさい》となった。

「くだらない冗談が本当になっても笑えないな」

響は眉を顰めたが、そののち彼は大衆の人気を得、二十二歳で押しも押されもせぬ「流行作家」となったのである。


響は垣根に植《う》えられている椿《つばき》を掌《てのひら》で撫でながら歩き、己の住まいに辿《たど》り着いた。

さて、鍵を取りだして……と、スラックスに右手を突っ込んだところで動きを止める。

視界の隅《すみ》に、奇妙なものが映った。

「……？」

響は、さっさと眠りにつこうとする脳味噌《のうみそ》を叱咤《しった》し、その奇妙なものに近づく。

椿の垣根の根本《ねもと》に蹲《うずくま》っている、何か。

ゆっくり、ゆっくりと、彼は猫のように足音を立てずに近づいた。

「人、か？」

元の色、元の形も判《わか》らないくらい、ボロ雑巾《ぞうきん》のような服をまとっている青年。

……年の頃は、俺と同じぐらいだろうか？

響はそんな事を思い、垢《あか》で汚れた青年の顔を覗き込んで首を傾《かし》げる。

こんなところにまで職を求めて浮浪し、生き倒れる者が現れるようになったのか。

響は躊躇《ためら》うことなく、蹲っている青年の首筋に指先で触れた。

温《あたた》かい。

まだ生きているじゃあないかと思った次の瞬間、響の指は異質なものに触れた。普通であれば、それが首に存在するはずがない。

響はニヤリと笑い、動かぬ青年を肩に担《かつ》いだ。

そして、屋敷に向かって歩き出す。

自分の心臓《しんぞう》が、早鐘《はやがね》のように鳴っているのが判った。

退屈な日々、原稿の締切《しめきり》と口やかましい女達、すべてから解放されそうな予感がする。

病気を疑《うたが》うほどの心臓の高鳴りと高揚感《こうようかん》。

響は青年を担ぎながら笑い出す。
彼の好奇心を乱暴に揺さぶったのは、青年の首にしめられていた首輪だった。

担いだ青年をどうにか屋敷の中に上げた。
「さてと」
いくらなんでもこのまま布団《ふとん》に寝かすわけにはいかない。
まずは汚れを落とさなければ。
響は彼の、申し訳程度に体にまとわりついている服を脱がしにかかった。
畳《たたみ》が汚れたが、これは後で拭《ふ》けばいい。手も汚れたが、洗えばいい。
響は高揚する心を抑《おさ》えもせず、青年の服を脱がしていった。
まもなく、垢と埃《ほこり》で汚れた筋張《すじば》った体が露《あら》わになる。
首回りがやけに赤くなっているのは、首輪を外そうと無理矢理引っ張ったせいだろう。
「無茶をする……」
響は青年の首筋をすっと指先で撫でると、今度はズボンを脱がしにかかった。

気を失っている人間は意外に重く、なかなか上手《うま》く脱がすことができない。

彼は舌打ちしながら、強引《ごういん》にズボンを引き抜く。

その拍子《ひょうし》に、下着までも一緒に脱げた。

全裸《ぜんら》を響に晒《さら》したまま、青年は全く動く様子を見せない。

人形遊びをしてるようだな。

響は僅《わず》かに微笑むと、微動《びどう》だにしない彼の下肢《かし》に指を伸ばした。

体毛の淡《あわ》い茂みに自分の指を忍ばせながら、響は「柔《やわ》らかい」と小さく呟く。

ある程度柔らかさを味わったところで、あらかじめ用意しておいた手拭《てぬぐ》いで、青年の体を拭いていった。

顔から下肢に至るまで、丁寧に拭いていく。

こんな格好をさせられても目を覚まさないのか。

性交を強《し》いるように大きく股《また》を広げられても目を覚まさない青年を見下ろして、響はふと、あることを思いついた。

彼は青年の陰茎《いんけい》を片手で握《にぎ》り締《し》めると、ゆっくりと上下に扱《しご》き始める。

あやすような、もどかしい微妙《びみょう》な速度で。

彼自身、男に対して劣情《れつじょう》を抱いたことなど一度もなかったが、なぜかこの青年の反応を見たくてたまらなかった。

不思議な感情が、心の奥底からとろりと沸《わ》き上がる。

こいつは、俺の玩具《おもちゃ》だ。誰にも渡さない。

響は形の良い唇の端《はし》を歪《ゆが》ませると、彼の陰茎に強い刺激《しげき》を与えた。

すると、青年は目を覚ましてもいないのに反応を返してくる。

陰茎を硬《かた》く反《そ》らせて唇から切なげな吐息《といき》を吐き、眉根《まゆね》を顰める青年の姿に、響は思わず喉《のど》を鳴らした。

「……んっ」

切ない吐息を漏《も》らしながら、青年は体を震わせる。

腰をずらし逃げようとするのを無理矢理押さえつけ、響は手に入れたばかりの玩具の陰茎を弄《もてあそ》び、刺激を与え続けた。

「ん……っ、あ、あ……っ」

青年は掠《かす》れた甘い声を響かせる。

響は青年を見下ろしながら、乾《かわ》いた唇を舌で舐《な》めた。

青年は仰向《あおむ》けで響を股に挟《はさ》み込み、眉根を寄せ唇を噛《か》み締めながら、快楽《かいらく》の波に耐えている。

頬を染め、体を小刻《こきざ》みに震わせて。

悪戯《いたずら》の最中に加虐心《かぎゃくしん》を煽《あお》る表情だ。

響はごくりと喉を鳴らす。

「もう勘弁《かんべん》……っ……勘弁してくれ……っ」

瞳《ひとみ》をぎゅっと閉じたまま目尻《めじり》に涙を浮かべ、青年は哀願《あいがん》した。

だが響は許さない。

「その顔、もっと見せてみろ」

彼は右手で青年の雄《おす》の根元をきつく握り締めると、余った左手でぬめった先端《せんたん》を撫で回した。

「……ひっ！」

青年はいやいやをするように首を左右に振るが、体は違う。腰を揺らして、新たな刺激を求めようと蠢《うごめ》いた。

ずいぶんと淫乱《いんらん》に躾《しつ》けられたものだと、響はニヤリと笑う。

人間につけられるはずのない「首輪」と、哀願するくせに従順な体。

誰かに飼《か》われていたのだと、響は悟った。

家が没落する以前に、時折夜の淫靡《いんび》な会合が行われていた。

子供達は早々に寝るようにと厳《きび》しく言われながらも、彼はよく寝室を抜け出して、大人達の醜悪《しゅうあく》な催《もよお》しを覗き見ていた。

正妻《せいさい》の子供達とは違い、響の部屋は住み込みの使用人達と同じ一階奥の狭《せま》い部屋だったので、使用人が使う通路をこっそり使うことはお手のものだった。

広間に集められた、首輪をつけた全裸の若い男女。

上流階級の客達はそれぞれ手に鞭《むち》を持ち、家畜《かちく》のような姿の彼らに微笑む。

主催《しゅさい》の合図で、裸の男女達は客の餌食《えじき》となった。

鞭打たれ、体中を弄ばれながら歓喜《かんき》の声を上げている彼らを柱の陰からこっそりと見つめ、響は自分の下肢が熱くなるのを抑えることができなかった。

上流階級の怠惰《たいだ》な遊びの道具として、そういうふうに子供の頃から躾けられる者がいるのだと、響が知ったのはそれからまもなくだった。

躾けられた人間達は「犬」と呼ばれ、大抵《たいてい》は屋敷の地下で飼われていた。

ではこいつも犬なのか……？

切ない声を上げている青年を冷静に見下ろしながら、響はそう思った。

ならば、首輪をつけているのも頷《うなず》ける。

しかし終戦して五年も経《た》っている今、そんな酔狂《すいきょう》を続けられる華族などいない。華族自体が崩壊《ほうかい》してしまっているのだ。

進駐軍相手の犬か、それともどこかの商家《しょうか》に売られて、そこから逃げ出したか。

響は青年の汚らしかった身なりから予想する。

逃げ出した犬か。ならば俺が飼ってやる。絶対に逃がさない。

響は青年の陰茎に激《はげ》しい刺激を与えて無理矢理射精《しゃせい》させると、「俺が拾《ひろ》った。俺のものだ」と囁《ささや》いた。

青年は吐精《とせい》で腹を汚しながらも、一向《いっこう》に目を覚まさない。

何もかも夢の出来事だと思っているのか、それとも、抵抗《ていこう》しないように躾けられているのか。

響は自分の手についた残滓《ざんし》と青年の顔を見比べながら、くすくすと低い声で笑った。


柔らかな布団の中で、彼は目を覚ました。

目だけを動かして辺りを窺《うかが》う。

障子越《しょうじご》しに、陽の光。

彼はもぞもぞと動き出した。

ここは……一体どこだろう？　どうして俺はこんなところにいるんだ？

すると、すぐ隣りで人の気配がした。びくりと振り向くと、彼の隣りには誰かが寝ていた。

彼は戦慄《せんりつ》する。

やっとあそこから逃げ出したと思っていたのに、あれはすべて夢だったのか……っ！

すぐさま逃げ出そうと、彼は体を起こした。

しかし、いきなり腕を掴まれて低い悲鳴を上げる。

「は、離せ……っ！」

力任せに腕を振ったが、掴まれたまま。

彼の腕を掴んでいた人間は、冷ややかな瞳で睨《にら》みつけていた。

「やっと目が覚めたか」

「……」

ずいぶんと綺麗《きれい》な顔だ。まるで役者のようだ。俺と同じぐらいの年だろうか。

彼は不躾《ぶしつけ》に相手を見つめた。

「目が開くと印象が変わるな。大きな目が子供のようだ」

口調は優しげだがどんな人間か分かったものではない。彼はすぐに顔を背《そむ》ける。

「お前、名前は？」

……え？　今、何と言った？

今まで名前を尋《たず》ねられたことなどなかったので、彼は戸惑《とまど》った。

「名前は？」

さっきより強い口調で問われ、青年はつい反射的に「進《すすむ》」と答える。

「すすむ、か。…俺は桐生響という」

「きりゅう…ひびき？」

「ああ。…まだ疲れてるだろう？　寝てろ」

静かな声。そして響の腕は進の体をそっと絡《から》め取った。

進は体を強ばらせたが、何もされないと分かると響の胸にもたれる。

温かくて……優しい腕だ。

人肌の温かさなど、忌《い》まわしい以外のなにものでもなかった進だったが、自分を絡め取る腕の心地《ここち》よさに勝つことはできなかった。

ここから逃げなくては。けれどその前に……少しだけ眠って。……そう、こんなふうに誰かに優しく触れて貰ったことなど一度もなかったから。だから……今だけ。

進は頭の中を整理しきる前に、寝入ってしまった。


「響、こら響。いい加減起きたらどうだい？　お天道様《てんとうさま》はとっくの昔に出ているよ？」

ゆさゆさと自分の肩を揺《ゆ》さぶる腕とうるさい声に、響は唸《うな》り声《ごえ》を上げて目を覚ました。

「うるさい……立花」

「ご挨拶《あいさつ》だな、響。いつものことだが愛想《あいそ》がない」

「あんたを相手に愛想もくそもあるか」

響は低い声で悪態《あくたい》をつくと、猫のように伸びをして布団の上にあぐらをかく。

「はいはい。……ところで、それは一体何だい？」

「あん？」

「その……今、響の隣りに裸で寝転がっているもの」

立花は苦笑しながら、気持ちよさそうに寝入っている進を指さした。

「今朝拾った」

「あのねぇ。拾ったって、響。犬や猫じゃないんだから」

「違わないさ。こいつは犬だ」

響は意味深な台詞を吐くと、自分の指を進の首輪に引っかけて、力任せにぐいと引っ張り上げる。

途端《とたん》に進は目を覚まし、逃げ出そうともがいた。

「何やってんだ、こら。暴《あば》れるんじゃない」

慌《あわ》てふためいていた進は、今朝と同じ声に恐る恐る振り返る。

「きりゅう……ひびき」

「俺の名前は忘れていないようだな、野良犬《のらいぬ》」

「……俺は野良犬なんかじゃない。進という……」

言いきる前に進は口をつぐんだ。自分の名前を言ったところで、今までその名で呼ばれたことなど無かったと思い出したのだ。

「ん？　どうした？」

響は首輪をぐいと引っ張って、進を自分の顔に近づける。

すると進は顔を赤くして目を逸《そ》らした。

「何を照れることがある。それとも……躾けでも期待しているのか？」

「う……っ」

進は、響にからかわれたことも分からずに俯《うつむ》いた。

「ほらほら。そんなに苛《いじ》めなさんな」

進の気持ちを察した立花は、裸の進に布団を掛けてやりながらくすくす笑う。

「ここは……一体……」

俯いたまま、進は独《ひと》り言《ごと》のように尋ねる。声は小さく低く掠れた。

「今朝、屋敷の庭で倒れていた。それを俺がここに連れてきた」

響の言葉に嘘はない。少々、説明は足りないが。

「そうか……。俺は、自分が倒れたことさえ分からなかった……」

「おい。その首輪は一体なんだ？」

響は分かっているくせに、意地悪い笑みを浮かべながら進に問う。

途端に進は唇を噛み締めて黙り込んだ。

安心したり怯《おび》えたり、こんなふうに悔しがったりと、ころころと変わる表情が響の心を捉《とら》えていく。

「お前はどこの犬だった？」

その問いに、進はゆっくりと顔を上げて響を睨みつける。

大きな目は動揺《どうよう》で揺れ、形のよい薄《うす》めの唇は噛み締められて朱《しゅ》に滲《にじ》んでいた。

「もう一度聞く。お前はどこの犬だった？」

「俺は、犬では……ない」

「お前は犬だ。勘弁してくださいって言いながら、嬉しそうに腰振ってたろう？」

「俺に……何をした……？」

響にグイグイと首輪を引っ張られながら、進は震える声を出す。

「意識がないのにあれだけ感じて、気をやった。そんなふうに躾けられている人間は『犬』だけだ」

「俺は……俺は……犬ではない……っ！　犬では……っ」

進は顔を真っ赤にして、響めがけて拳《こぶし》を振り下ろそうとしたが、逆に布団に押さえつけられてしまった。

「響。相手はまだフラフラしてるじゃないか。苛めるのはやめなよ。それにお前、女に飽きたら次は男を相手にする気か？　意外と冗談が好きな奴だったんだな」

放っておけばそのまま色事にもつれ込む勢いの響に、立花がやんわりと釘《くぎ》を刺す。

「こいつに『普通の人間の話』を当てはめるな。犬なんだ。犬は躾けて、遊んでやらないとな」

「あのねぇ」

立花はため息をつくと、悔しそうな顔で無駄《むだ》な抵抗を続けている進を見つめた。

「離せ……離せ……っ……」

「黙れ！　野良犬！」

突然の、響の怒声《どせい》に、進の抵抗がピタリと止んだ。

いつも暢気で、面倒臭そうな声しか出さない響の大声に、立花までもが目を丸くした。

「いいか？　お前は俺に拾われた。だから、今から俺の犬だ。主人に逆らったらどうなるか判ってるだろう？　知らないとは言わせない」

進は目尻に涙を溜《た》めながら響を睨みつける。響も進を睨みつけた。

「返事は？」

「………」

「返事はどうした？」

「……分かった」

「返事は『はい』だろう？」

「………はい」

掠れた弱々しい声で、進は諦《あきら》めたように唇を開いた。

「国民はみな復興《ふっこう》に勤《いそ》しんでいるというのに、お前は戦前の『ままごと』を始めようってのか？　この子だってきっとどこからか命からがら逃げてきたんだろうに……」

「うるさい。黙ってろ立花。こいつだって『主人』がいなきゃ生きていけないように育てられてるんだ。でなければ、怒鳴られたくらいで『犬』になるなんて言わない」

元華族だけあって立花よりもその方面に詳《くわ》しい響は、上掛けで体を隠すようにしながら泣いている進の髪を乱暴に撫でながらそう呟いた。

「そう。でも、ま。響だったら喰いぶちが一人増えたところでどうってことない収入があるからね。別に俺がどうこう言うべきじゃないが、もう少し優しく扱ってあげなよ」

「それは立花の尺度《しゃくど》でか？　それとも俺のか？」

「お前はつくづく酷《ひど》い男だね」

「それは立花、そっちがよく知ってるはずだ」

響と立花の口調は穏《おだ》やかだが、彼らは互いに鋭い視線で相手を見ていた。

どれくらいそうしていただろう。

立花が先に視線を逸らした。

すると響は、さっきとは打って変わって、進に優しい声をかける。

「腹は減っていないか？」

響は進に顔を近づけた。

優しい声にはもう騙されないとばかりに、しばらくむっとしていた進だったが、背に腹は代えられない。こくりと頷く。

「ちゃんと声に出して返事しろ」

「……腹が減った」

掠れた、小さな声で進が答える。

「おい立花。食事の用意を頼む」

「……はいはい。母屋《おもや》から持ってきてあげようね、進。ちょっとだけ待っててね」

立花は進の乱れた髪を優しく撫でると、すっと立ち上がり離れを後にした。

そして彼らはまた二人きりになる。

響は進の首輪を引っ張ると、低い声で呟いた。

「この汚い首輪を、外してやろう」

「……え？」

「こんなものは、もうつけていたくないだろう？」

その一言で、進の顔から笑顔が零《こぼ》れる。だが、

「俺の犬だから、もっと綺麗な首輪をつけてやる」

たちまち進は奈落《ならく》に落とされた。

進は唇を噛み締めながら、力無く頭を左右に振った。けれど響はそれを許さない。

「喜んで貰わないと困るな」

「……いや…だ」

「『嫌だ』じゃない。もう決めたことだ。お前に選択《せんたく》の余地《よち》はないんだ」

響は涼《すず》しい顔で言い切り、進は涙を浮かべて『嫌だ』をくり返す。

「犬のくせに主人に逆らうな」

響は「話をちゃんと聞け」と、頭を振っている進の頬を軽く叩いた。

たいして力を入れた訳でもないのだが、進は物凄《ものすご》い勢いでもがき始める。

「いやだ……っ」

「大人しくしろ……っ」

響は、闇雲《やみくも》に暴れる進を力任せにぐいぐいと布団に押えつけ、その上にのしかかる。

「進。お前はたいした犬だな」

響は唇の端を少し歪めると、既《すで》に形を変えつつある進の下肢を見つめた。

「そうだよな。犬は酷くされた方がいいんだったよな」

「違う……っ　触るな……俺に……触るな……っ」

「違うものか、進。お前は、体の方が正直だ」

「そうじゃない……っ……俺は……っ」

進が焦《あせ》れば焦るほど、響の心は躍《おど》った。

筋張った長い指で進の体に触れ、悪戯を仕掛けて反応を楽しむ。

「ほら。初めて俺の指で気をやらされたときのように、さっさと足を広げろ」

「そんなこと……できるか……っ……」

「俺はお前の『主人』だ。…主人が自分の犬をどうしようと勝手だろ？」

いい加減業《ごう》を煮《に》やした響は、片手で布団から敷布《しきふ》を剥《は》ぎ取り、進の両手を後ろ手に縛りあげた。ずいぶんと不格好な形だが、相手は犬だから構わない。

そして響は進の足首をきつく掴み、左右に大きく広げた。

「ああ……、こんな酷いことはしないでくれ……っ」

「『私を苛めてください』だろ？　こんなに一物《いちもつ》をひくつかせて」

進の陰茎は萎《な》えるどころが、前にも増して己の存在を誇張《こちょう》している。鈴口《すずぐち》から先走りを溢れさせ、熱く脈《みゃく》打《う》ちながら次の刺激を待っていた。

「いやらしい体だ」

「……見ないで……くれ……頼むから……」

自分の意思とは関係なしに欲望を表す雄に嫌《けん》悪《お》しながら、進は懇願《こんがん》する。でも響は聞く耳を持たない。

「言うこと聞かない犬だな。『私のいやらしい一物を見てください。蔑《さげす》んでください』だろ。そんな、対等な物言いはやめろ」

響の声は興奮《こうふん》で上擦《うわず》っているはずなのに、どこか低く冷たい。

進は、己の下肢にねっとりと絡みつく響の視線に耐えながら、血が出るほど唇を噛み締めた。

「犬ならもっと……」

「響。いくら自分の犬だからってそういう扱いはないんじゃないのか？」

響が続きを言おうとしたところで立花に遮《さえぎ》られた。彼は手に食事を載せた盆《ぼん》を持ち、開けたままの障子にもたれるように立っていた。

「こいつが気をやるときの顔を見たら、そうも言ってられないと思うがな」

「そういうもんかい？」

立花は食卓に盆を載せると、縺《もつ》れあっている二人の傍《そば》に腰を下ろした。

「見せてやるよ。ほら進、もっといい顔を見せろ」

「……っ……いや、だ……っ」

「それとも、適度に反抗するように躾けられてんのか？」

従順な犬に満足できない主人のために、わざと抗《あらが》うように調教される犬もいる。

響は進にそれを尋ねた。

「俺は……そんなんじゃ……っ……あ、ああ……っ」

後ろ手に縛られたまま観客の前で性器を嬲《なぶ》られ続け、進は掠れた声で喘《あえ》ぎながらぎこちなく腰を揺らす。

陥落《かんらく》が近い。

「見てみろ立花。こいつは、したくてしたくてたまらない顔で俺のことを見てる」

「そんなところ……弄《いじ》られたら……ああ……っ……」

進にはもう響の声は届いていない。彼は抗うことを忘れ、唇の端から唾液《だえき》を滴《したた》らせ響の指で嬲られることに悦《よろこ》びを感じていた。

「確かになぁ……こんな顔見せつけられたら響でなくとも『犬』にしたいくらいだ」

この異常な状況《じょうきょう》の中で立花の暢気な声が響《ひび》く。

「なあ、響」

「なんだ？」

「この子に飽きたら俺に頂戴《ちょうだい》よ」

「どういうことだ？」

「俺が可愛《かわい》がってあげようと思ってね」

「ふん。……こいつは俺のものだ。俺が見つけた玩具だ。誰にも譲《ゆず》らない」

響は唇の端を少し歪めて微笑み、進に最後の刺激を与える。

「ひ……っ……、あ、ああ……勘弁してくれ……っ」

初めて響に弄ばれたときと同じような言葉を叫び、進は果てた。体を小刻みに震わせて、腰を激しく振って射精する姿に、響はごくりと喉を鳴らす。

「よかっただろう？　それとも、まだ足りないか？」

悔し涙を零しながら進は首を左右に振る。

それでも彼の体は、まだ熱く発情していた。

「……立花も遊んでみるか？　少しくらいなら貸してやってもいい」

「心にも無いことを言うなよ。俺がその気になったら『やっぱりだめだ』と言うつもりだろう？」

立花は苦笑すると食卓の方に戻り、お茶を入れ始めた。

響は吐精で汚れた自分の右指を、進の口元に持っていく。

そして言った。

「舐めろ」

半開きの口の中に、彼は無理矢理指を押し込む。

進は激しくむせたが、しかし、押し込まれた指に舌を這《は》わせ始めた。

慣らされた仕種《しぐさ》。

相手が満足できるように、丁寧に舌を這わす。

「ほう……」

湯飲みを手にしながら、立花が呟いた。進の仕種に感心したようだ。

「こういうことは言われなくてもできるんだな。半端《はんぱ》な犬だ」

響は空《あ》いていた左手で進の髪を優しく梳《す》き、自分の指を舐めている彼を見つめる。

進は涙を零しながら、ちろちろと紅《あか》い舌を覗かせて、響の指を舐め続けた。

程々《ほどほど》にぬめりが取れたところで、響はすっと指を抜く。

「もういい。食事が冷める」

彼はそう言うと、敷布で縛られていた進の腕を解放した。

「そうだね。……進もこっちにおいで。今日はいい干物《ひもの》が手に入ったんだ。おいしいよ。

ああ、その前に服を着ようかね。響、お前の浴衣《ゆかた》を失敬《しっけい》するよ」

立花は、響の世話をするように進の世話もする。もともと世話好きなのだろう。

が、進は浴衣を差し出されても、最初は警戒《けいかい》して受け取ろうとしなかった。

「着せてあげようか？　ん？」

立花の楽しそうな声に、響の「勝手に触るな」と不機嫌《ふきげん》な声が重なった。

「俺の玩具だから俺が世話をする」

響はそう言って立ち上がると、立花の手から浴衣を受け取って進の肩にかける。

進は体を強ばらせているがお構いなしだ。

「おいおい。下着が先だろう」

立花は、苦笑しながら新しい下着を進に渡すが、響は「いらない」と言う。

「こいつは俺の犬だから、そんなものはいらない。本当なら服だって着る必要ないんだ」

「何度言ったら分かって貰えるんだ……？　俺はもう……犬では……」

「うるさい。お前は『俺の犬』だ。主人の言葉は絶対なのを忘れたか」

冷たい一言に、進は唇を噛んでぎこちなく頷く。

浴衣を一枚纏《まと》った進の格好は、響の目には全裸でいたときよりもいやらしく見えた。

「お前はまったく良い主人だよ。……可哀相に、進はすっかり脅《おび》えてしまった」

「犬が主人に従順なのはあたりまえだ。……ほら、いつまでも拗《す》ねているんじゃない。ここに座って食事をしろ」

響は食卓《しょくたく》につき、面倒臭そうに進を呼んだ。

進は戸惑った顔で、響の隣りに腰を下ろした。

彼は、こんなふうに主人と同じ卓を囲んだことはなかったのだ。

とりあえず響の左隣りに座ったはいいが、目の前の食事に手を出せずにいる。

「ん？　どうしたの？　進」

お預け状態で黙り込んでいる進に気付いた立花が、優しげな声で尋ねた。

「……いや、俺は……一人で食べるから……先に……どうぞ」

「は？　何を言ってるんだ？　俺の残り物でいいのか？」

意地悪い響の問いかけに、進は慌てて首を左右に振る。

「じゃあなんだ」

「……行儀《ぎょうぎ》が悪いと……殴《なぐ》られる、から……だから俺は……」

そこまで言って進は口をつぐむ。

なのに腹の虫が「腹が減って死にそうだ」と鳴いて主張したので、進は顔を真っ赤にして「不調法《ぶちょうほう》した」と俯いた。

「この馬鹿が」

響は呆《あき》れ声を出す。

「ここに、行儀のいい奴など一人もいない。お前は犬なんだから気など遣《つか》うな」

「……殴られるのはいやだ」

「するか、そんなこと。食事が不味《まず》くなる」

「でも……」

「ああそうだな。俺と一緒に食事をしなければ殴ろう。主の言うことを聞かないときは仕置きをしなければいけない」

響が箸《はし》を置いて右手をすっと持ち上げたので、進は慌てて両手に箸と茶碗《ちゃわん》を持った。

「よし、それでいい。好きなだけ食え。そしてもう少し肥《こ》えろ」

「わ、分かった」

「食事ぐらいは自由にさせてやる」

「それは……とても嬉しい」

進は微笑んだが、どこか諦めの入った微笑みだ。

響はそれを無視して、茶を飲みながら進の食事の様子を観察《かんさつ》する。

不調法と言ったわりには、なかなかどうして所作《しょさ》が優雅《ゆうが》だ。

「もしやお前も、俺と同じ境遇《きょうぐう》か……」

響は心の中で呟いたつもりだったが、声に出てしまったようだ。

進が目を丸くしている。

「あの……」

「俺は元華族だ」

「……俺は、そんな立派《りっぱ》なものじゃない。俺を引き取った男が、礼儀作法に厳しかった……それだけだ」

「そうか。……ほら、やせっぽちには卵焼きだ。毎日食べさせるから、さっさと肥えろよ？」

まるで家畜に言うような台詞に、黙って聞いていた立花が吹き出した。

進はもう食事に夢中で、響の台詞に傷つく暇《ひま》はなかった。


響と立花は、進は食が細いのだろうかと思っていたが、それは杞憂《きゆう》に終わった。

漬《つ》け物と卵焼きで一杯目、魚の干物で二杯目、梅干《うめぼ》しと焼き海苔《のり》で三杯目と、気持ちのいい食べっぷりを見せた。

「旨《うま》かったか？」

「旨かった。……ありがとうございました」

進は響と立花へ深々と頭を下げる。

「いちいち礼などいらない」

響はすいと、進に右手を伸ばした。

進は、理由もなく殴られると思ったのか、両手で顔を防御《ぼうぎょ》する。

「まったく」

響は忌々《いまいま》しげに言うと、進の頭を優しく撫で回した。

「いちいち怯えるんじゃない」

「あ……、いや、その……俺は……」

「殴って壊れたら勿体《もったい》ないじゃないか」

するりと、響の掌が進の頬に触れて愛撫《あいぶ》する。

進は困惑《こんわく》した表情を浮かべたまま、体を固まらせた。

濡れ縁で彼らを観察していた立花は、乱暴に扱われたり突然優しく扱われたりして、どうしていいかわからないという進の戸惑いが手に取るように分かった。

立花も、過去に何度か『犬』を見たことがある。

これじゃ、進が可哀相だと、彼は思った。

蔑むなら徹底的《てっていてき》に。

苛めるのであれば際限《さいげん》無く。

これが犬を飼う際の鉄則《てっそく》だ。

しかし響の扱いは違ったのだ。分かっているだろうに、ずいぶんと半端な扱いをする。

「……そんなふうに……優しくされると……俺は困ってしまう」

進の呟きに、響は美しい微笑みを浮かべた。

「優しくなどしてない」

「してる。俺には……分かる。だから困る」

進は響の微笑《びしょう》に魅了《みりょう》されながら、声を震わせた。

なるほどと、立花が小さく頷く。響が踏み躙《ふにじ》るのは、進の体ではなく「心」なのだと。

立花は響の思惑《おもわく》に、ふうとため息をついてお茶を啜《すす》った。


「その汚い首輪を外すぞ」

響の言葉に進は頷く。

しかし、どうせ今度は違う首輪が付けられるのだと思って喜ばない。

「ちょっと痛いかも知れないけど、我慢できるよね？」

立花は工具箱を用意し、進の髪を撫でる。

「こいつは痛いのがいいんだから構うことない」

相変わらずの響は、進の首輪の締まり具合《ぐあい》を計りながら呟いた。

「汚いが立派な首輪だよな。……よく見ると、皮に彫刻《ちょうこく》が彫《ほ》られてる」

「それは所有者の印だ。こいつは逃げ出した犬だから関係ないけどな」

響は、首輪を切り落とす場所を探りながら言う。

「今度は別の首輪をはめるのか……。手間がかかるからいっそこの首輪のままでいい」

進は、響と立花から視線を逸らして囁いた。

その途端。

響の張り手が彼の左頬に炸裂《さくれつ》する。

進はもんどり打って畳の摩擦《まさつ》で腕に傷を作る。

「犬のくせに反抗するな。お前は黙って言われた通りにしていろ」

響は、倒れ込んでいる進の髪を無造作《むぞうさ》に掴むと、痛がるのもそのままに濡れ縁まで引き摺《ず》った。

「響。あまり大きな声を出すと人が来るよ」

立花は止めはしなかったが、ほんの少しだけ眉を顰めて声を掛ける。

「最初にちゃんと躾けておかないと、後が面倒だ」

「……本当の事を、言ったまでだ」

「お前はまだ分かってないな。俺は、お前の、主人だ。友達でもなんでもない。そして、お前は、俺の、犬だ。犬は黙って主人の言うことを聞くって習わなかったか？」

「ならば最初から犬のように扱え。俺に優しくしたりするな。優しく触れるな……っ」

進は、何の期待も持たせるなと響に言った。

「おもしろいと思ったから連れてきただけだ。それ以外の感情は、持ち合わせていない」

響はふわりと微笑むと、進の髪をぎゅっと引っ張った。

本当は違う。だが彼はあくまでも進を安心させる言葉を言わない。

「なんで……俺に優しくしたんだ？　あんたなら……知っているのか？」

進は髪を掴まれたまま、立花に視線を移して問う。

「俺は立花って言うんだよ。進」

なのに立花は何も聞かなかったかのように、ただ笑って進の頬を撫でる。

傍観《ぼうかん》を決め込んだようだ。

「進。お前は俺の犬になると言ったじゃないか。どこにも行くあてなんかないんだから、言うことを聞け」

進は、唇を噛み締めた。どこにも行くところがない、それは本当なのだから。もし仮にここを逃げ出したとして、進には一人で生きていく術《すべ》はない。「主人」無くして「犬」は生きていけないのだ。

「……俺は、犬にしては薹《とう》が立っている。何の役にも立ちやしない。それでも……」

「役に立つかどうかは俺が決めることだ。お前が大人しく言うことを聞けば、殴ったりしないし、うんと優しくしてやる」

それは嘘。

響は美しい顔と優しい声で、進にそっと誘いをかける。

「……信じてもいいのか？」

「当然だ。俺は玩具を大事にする」

それは詭弁《きべん》。

だが進はその一言にほっとしたようだ。嫌がらずに髪を掴まれたままになる。

「……首輪を外すぞ」

響の低い声に、進はぎこちなく頷いた。

首輪を外すと言っていた響は「用事を思い出した」と言ってどこかに出かけてしまった。

仕方なく、立花が代わりに進の首輪を外した。

思いの外頑丈《ほかがんじょう》な首輪にてこずりながらも、植木《うえき》用の鋏《はさみ》をどうにか駆使《くし》して、それは進の首から外れた。

「やっぱりね。擦れて赤くなってる」

立花は冷静に呟くと、工具箱とは別の小箱を引き寄せて、その中から軟膏《なんこう》を取り出す。

そして進の、赤く擦れて痕《あと》の残った傷口にそれを擦り込んだ。

「……つっ……」

「少し滲《し》みるけど我慢して。せっかく綺麗な肌なんだから痕なんかついたら勿体ない」

響が進に飽きた後のことを考えながら、立花は嬉しそうに傷口に薬を塗《ぬ》り続ける。

「あんたは、俺に優しくしてくれるのか？」

「俺のことは立花と、そう呼び捨てにしていいよ」

明らかに年上の相手からそう言われ、進は戸惑った。

「ん？　俺？　そうだね、響が進に辛《つら》く当たる限りは」

「あんたは……いい人なんだな」

「人をすぐに信用なんかしちゃいけないよ？　進」

「……」

「裏切られたら辛いだろう？　……俺だって、お前にとって本当にいい人なのかわかんないんだよ？　どんなに酷いことをやってきたのかも知れないし、ね？」

「裏切る……酷いことをされることか」

進は、少しつり上がった大きな瞳で立花の顔を覗き込む。

立花は微笑んだまま、進の髪を優しく撫でて言った。

「それは響が教えてくれる」

「意味が……分からない」

進は眉間《みけん》に皺《しわ》を寄せて、立花から切れた首輪へと視線を移す。

「いつまでくだらない話をしてる」

響はシャツについた埃を手で払いながら、不機嫌な顔で二人の前に現れた。

「どこに行っていた？」

「蔵《くら》だ。母親の葛籠《つづら》の中を掻き回してきた」

そう言って、響はズボンのポケットの中から銀色に光る何かを取り出す。

「勝手に蔵には入るなと言ったはずだよ？」

「だったら、なぜお前の家の蔵に、俺の母親の葛籠がある。それに、母親が亡くなった今は、あの葛籠は俺のものだ」

立花は渋《しぶ》い表情で口を閉ざした。

「ほら、これを見たことがあるか？」

響のしなやかな指に巻き付いていたそれは、銀製のネックレス。少しくすんではいるが、細《こま》かな装飾《そうしょく》の施《ほどこ》された、明らかに高価とわかるもの。

「それは……ゆきえさんの……お前の母親が持ってたものだ」

「そうさ。母親が『俺の本当の親父《おやじ》』から貰ったものだ」

立花も「俺の親父が、ゆきえさんに渡したものだ」と言った。

響が好き勝手に我儘《わがまま》なことをしても、立花が笑って許す理由がそこにある。

「結局……桐生の屋敷には持って行かなかったんだな。持って行かないものを小さな葛籠に詰めて、立花の蔵に置いていった……」

響の手の中で、銀のネックレスが鈍い色の光を放った。

「おい、響。お前、それを進の首に巻くってんじゃないだろうな？」

「その通り」

「いくらなんでも、悪趣味な」

「あんた、人のこと言えるのか」

響は立花を鼻で笑うと、神妙《しんみょう》な顔で自分達の会話を聞いていた進を見た。

「綺麗だろう?」

「ああ」

「これが、これからお前の『首輪』になる」

そう言って、響は進の首に銀のネックレスを巻きつけた。

本当ならば鎖骨《さこつ》あたりで揺れるそれは、進の首にぴったりと吸いつくように収まる。

「指一本しか余裕はないが、首輪だからこれでいいな?」

その首輪は思いの外、進に似合った。

「絶対に外すな」

「……これが首輪? 女物の……首飾りが?」

進は、金属《きんぞく》のひやりとした感触に馴染《なじ》めずに肩を震わせる。

「進、鏡《かがみ》を見てご覧《らん》。気になるんだろう?」

立花は諦めにも似た笑顔で、奥の間から姿見《すがたみ》を引き摺ってきた。

しかし進は、鏡を目の前にした途端、庭に逃げ出そうとした。

「おい」

響の手が素早く進の腕を掴む。

「いやだ……そんなものを俺に見せるな……いやだ、いやだ……っ」

「進っ！」

痩《や》せ細った体のどこにこんな力が残っているのか。響は渾身《こんしん》の力を込めて、悲鳴を上げながらもがく進を自分の胸の中に押さえ込んだ。

「鏡が、怖いのかい？」

困惑する立花の横で、響が低く笑う。

「鏡の前で、酷いことをされていたんだな？」

「いやだ……あんな……恥ずかしい目に合うのは……もう……っ」

響の言葉を肯定《こうてい》するように、進は狂ったように頭を振り続ける。

響はふうとため息をつくと、立花に呟いた。

「席、外してくれ」

「そう言うと思ったよ。しばらく、離れには誰も近づかないように言い聞かせておく」

「悪いな」

「いつものことだ。でも犬の躾けは、厳しいだけじゃだめだよ」

そして立花は、姿見から顔を背けている進を一瞥《いちべつ》して、離れから出て行った。

「進……」

響は、体を震わせている進に声を掛けた。出来るだけ優しく。

「頼むから……鏡は……」

「主にお願いするならば、言い方があるだろう？　進」

「鏡を……向こうに……俺を鏡の前に立たせないで……ください……」

「いやだ。俺はお前の主だ。主の言うことは素直に聞け」

響は進に囁くと、彼の体を鏡の正面に添《そ》える。

「見ろ。お前が映ってる」

だが進はかぶりを振って目をぎゅっとつむる。

響は舌打ちした。

「言うことを聞けないなら仕置きだ。何がいい？　鞭で叩くか？　それとも天井から吊《つる》すか？　お前が気絶するまで殴り続けるというのもいいな」

その言葉は、進に絶大《ぜつだい》な効果をもたらした。

進は体を震わせたまま、響の言う通りに目を開けて鏡の中の自分を見つめた。

「……ようやく逃げ出せたんだ。ここでまで、酷いことはされたくない」

「だから、俺の言うことを聞けとさっきから言っている」

鏡の中に映っているのは、目の大きな痩せた男と、端整な容姿の男だ。

進は鏡の中の響に視線を向け、「俺より背が高い」と呟いた。

「お前は、もう少し肥えればもっと見栄《みば》えが良くなる。頬がこけたままだと貧相《ひんそう》だ」

「は、はは……酷い言われようだ……。でも、こんなふうに優しく言ってくれる人間は、俺の周りにはいなかった。誰一人」

「進」

「あんたは……やっぱり優しいと思う」

「あんたではなく、響と呼べ」

「呼び捨てで……いいのか？」

「ああ」

響は短く答え、進の体を浴衣越しに撫で始めた。

「……っ」

進の体が強ばる。

「怖くない。鏡に映ってるのは俺とお前の二人だけだ」

まだ外は日が高いというのに、離れでは戸も開け放たれたまま、淫靡な遊戯《ゆうぎ》が始まろうとしていた。

進は鏡を通して、響の指で体をまさぐられている自分の体を見つめる。

響も、鏡を通して進の敏感《びんかん》な反応を観察した。

「進、お前はどこから逃げてきた？」

「……横須賀《よこすか》」

進は鏡の中の自分から目を逸らし、忌々しげに顔を歪める。

「いつから躾けられた？」

「最初は……何も知らなかった。あんなことをされるとは知らずに商家に奉公《ほうこう》していた。大店《おおだな》で厳しかったが仕事は楽しかった。何年も真面目《まじめ》に働いていたのに……。俺はあのとき……十五だった……」

「お前の親は？」

「俺に親など……俺を捨てた親など死んだも同然だ……っ。あいつら、あいつらは俺がどんな酷い目に遭《あ》わせられるか知っていて、俺を売った。奉公と称《しょう》して俺を売ったたっ！」

進は響に体をまさぐられたまま怒鳴る。

「そうか。お前は二親《ふたおや》に捨てられたのか」

震える「犬」の耳元に、響は嬉しそうに囁いた。吐息が進の耳を愛撫する。

「あ……っ」

途端に進の体がかぁっと熱くなる。

響にも瞬時に伝わる、劣情の印。

「幾《いく》つの時に売られたんだ？　ん？」

「小学校を卒業してすぐだ。お国のために働けと言われた」

「なるほど」

響は、進の大体の境遇を把握《はあく》した。

横須賀の豪商《ごうしょう》であれば、取引相手に余興《よきょう》と称して犬達の戯れを見せることなど造作もないだろう。

気に入った犬がいれば、遊戯をすることも勧《すす》めたに違いない。

「お前は十五歳で犬にされたのか。普通はもう少し若くから犬にされるものだが」

「俺が小さかったからだ。育つのを待っていたと……そう言われた」

「それから…？」

「旦那様《だんなさま》に、大事なお客様が来ているから挨拶をしなさいと、離れの宴会場《えんかいじょう》に連れて行かれて……そして……」

進はそこまで言って口を閉ざす。

「客達の前で裸にされて、首輪をつけられたんだろう？　手足を戒《いまし》められて身動きできない状態で、客達に嬲られた。……こんなふうに」

響の指が進の浴衣に忍び込み、既に半勃《はんだ》ちしている陰茎を握った。

「……んっ……あ、ああ……っ」

「初めての犬が、客にそうやって苛められているのを見たことがある。小さな一物を嬲られ、泣きながら初めて気をやるところを見物されていた。お前もそうだったのか？　気をやるところを見られるだけでなく、失禁《しっきん》するまで一物を弄ばれ続けたか？」

響は、先走りで濡れた進の鈴口を右の掌で撫で回し、左手では興奮して持ち上がった陰《いん》嚢《のう》をそっと包んで優しく揉《も》んだ。

「あ、ああ……っ……そこは……っ」

鏡の中では響の指が、浴衣がはだけて下肢を露わにした進の性器を嬲っている。

「こうすると気持ちがいいだろう？　お前は躾けられて敏感になっているから、たまらないよさのはずだ」

確かに、響に弄られるたびに進はびくびくと体を震わせ、甘い吐息を漏らした。

「こんなふうに、鏡の前で痴態《ちたい》を晒すよう躾けられたんだな？」

「あ……っ……俺は……いやだと言ったのに……殴られて、縛られて……無理矢理……薬を塗られて……っ」

「いつまでそうやって躾けられていた？　横須賀の豪商は、今もあるのか？」

華族のような儚《はかな》い存在と違い、商人はしたたかだ。

日本が敗戦を迎えたからと言って、店が傾いてしまうとは考えづらい。

「もう……勘弁してくれ……俺は……思い出したくない」

進は響の指が絡みつきやすいように両足を大きく広げながら、掠れた声を上げた。

「答えろ。物分かりの悪い犬だな」

「ひ……っ！」

響の指が進の陰茎をきつく掴んだ。

物分かりの悪い犬には、頭ではなくその体に教え込む。

「……みんな、軍人だ。俺が知っている連中は……。髪と目の色は違っていたが、みな軍人だ、進駐……と言っていた」

「外国人を相手に、足を開いたのか」

「言わせないでくれ……そんな酷いことを……」

「だめだ」

響の意地悪な指は、射精を求めている進の陰茎を無視して浴衣の帯を解き、今度は彼の乳首をつまみ上げた。

「んん……っ……」

「主人の俺が聞いてるんだ。答えろ」

有無《うむ》を言わさない冷たい響きが、進の鼓膜《こまく》を震わせた。

「みんな……することは同じだった。あいつらに嬲られ、一物を銜《くわ》えさせられ、縛られて叩かれることもあった。あいつら……馬に使う鞭で俺を叩いた」

「そうか。ならば俺は、お前を躾けるのに別の方法を使おう」

響は進の耳元にそっと囁き、彼の体から浴衣を剥いで全裸にした。


「ん、んん……っ……ああ、もう……いけない……だめだ……っ」

首に銀の装飾を施しただけの肢体《したい》が、鏡の中で蠢いていた。

響は進の体を余す事なく鏡に映し出したまま、熱く滾《たぎ》っている彼の陰茎に愛撫を加えている。

いや、愛撫というにはそれはあまりにも残酷なものであった。

達さないように根元を細い絹紐《きぬひも》できつく縛りつけられた陰茎は、ぬらぬらと先走りを溢れさせて赤く充血《じゅうけつ》している。

両腕は後ろ手で縛り上げられ、進は鏡に自分の恥態を晒し続けていた。

「俺に『される』方が……いいだろう?」

その進の背後から、響は抱きしめるようにして囁く。

「躾けられた自分がどんなに淫乱な姿を晒すのか、自分の目で確かめろ」

「だめ……だめだ……っ……俺は……こんな……っ」

鏡の前で足がどんどん開いていく。

進は背を仰《の》け反《ぞ》らせて響にもたれ、「あ、あ」と小さな声を漏らして腰を揺らした。

「自分のいやらしい姿に興奮しているのか。まったく可愛い犬だ。ほら、もっといやらしく腰をくねらせてみろ」

響は男に興味など無かったはずだ。

なのに進を拾った瞬間から、この「男」にだけ興味が湧《わ》いた。胸が躍った。ときめいたと言っても過言《かごん》ではない。

進の、悪態を吐《つ》きながらも快楽に従順になっていく様子は、同性を性交の対象とする者より、加虐の心を持った者を虜《とりこ》にする。

海の向こうでは「S」、もしくは「サディズム」と言う。

そういう嗜好《しこう》の人間にとって、進は最高の犬だったに違いない。

「いや、いやだ……もう……だめ……っ……頼むから……もう勘弁……してください…」

進は腰を揺らして先走りを散らし、響に懇願する。

「……だったら、まずは主を満足させろ」

響は立ち上がるとズボンのファスナーを下ろし、己の一物を進の前に突き出した。

「得意だろ？　舐めるのは」

硬く勃起《ぼっき》し先走りを溢れさせている陰茎を、進の頬にぐいぐいと押し当てる。

進は不自由な体を動かして膝立《ひざだ》ちすると、響の陰茎を口に含《ふく》んで奉仕《ほうし》を始めた。

喉の奥まで飲み込み、歯を立てないように口をすぼめ、舌を使って裏筋《うらすじ》を扱く。

「ほう……巧《うま》いじゃないか。さすが犬だな」

響は嬉しそうに目を細めた。

彼は一生懸命《いっしょうけんめい》自分の陰茎を愛撫している進の髪を乱暴に撫でると、次の瞬間、その手に力を込め、ぐいと自分の股間《こかん》に進を押しつけた。

進は息苦しさに体をくねらせるが、響の押さえる力が強くてどうにもならない。

「零さず飲めよ」

響は乱暴に腰を動かし、散々《さんざん》進の口腔《こうこう》と喉を犯した。

そして、進の口腔に大量の白濁《はくだく》とした液体を注《そそ》ぎ込む。

「……っ！」

進は眉根に皺を寄せ、それを嚥下《えんげ》した。

「は……っ……あ、あ……」

「さあ、お前が気をやる番だ」

上機嫌の響の声に、進は体を震わせて頷いた。

「気をやらせてやるよ、何度でもな」

響はそう言って、進の体を再び鏡に向かせる。

「な、何を……するんだ……？」

「お前が失禁して気絶するまで、ずっと責めてやる」

進の目が羞恥《しゅうち》と快感で見開かれた。

鏡の中の進の体に、響の両腕が絡みついていく。優雅な動きで、進の性器を締め付けている絹紐を解いたかと思うと、鈴口の縦目《たてめ》に絹紐をあてがい、するすると擦《こす》り始めた。

「ひっ……あ、ああああ……っ！　そんなところ……っ……だめ……っ！　いや、いやだ、いや、いや……っ！」

淫乱な体に仕立てられた犬は、鈴口を絹紐でゆるゆると擦られ続けて泣きながら悲鳴を上げる。

過度の快感は痛みを伴《ともな》い、進は獣《けもの》のような声を上げて響に許しを請《こ》うた。

「いい声だ。ほら、もっと俺に聞かせてみろ」

射精の勢いを阻《はば》まれた精液は、鈴口の縦目と絹紐の間からとろとろと溢れ出し、より一《いっ》層《そう》紐の滑りを良くし、縦目に食い込んでいく。

「も、もう……っ……お願いします……っ……勘弁してください、勘弁してくれ響！　これ以上苛められたら……俺は……っ」

頭を振って尿意《にょうい》を堪《こら》える進に、響が「俺の前で、だらしなく漏らしてみろ」と囁いた。

「それだけは……っ……あ、ああ……っ……そんなに強く擦らないで……っ」

「客の前では、前の主に言われるままどんなこともしたんだろう？　だったら俺の前でもできるはずだ。進、ほら、鏡を見ろ。自分がどれだけいやらしい人間か、鏡を見て理解しろ。お前は主のために、どんな恥ずかしいこともやるんだ」

響は絹紐で執拗《しつよう》に鈴口を責め、囁きで耳を犯し続ける。

そして進は、「もうだめ……っ」とむせび泣きながら、響の前で失禁した。

温かな液体を陰茎から溢れさせている進のいやらしい体が、姿見に余すところなく映し出される。

「いい子だ。……ふ、ふふ、こんなに溜まっていたのか？　まだ出てくる」

響は、失禁している進の陰茎を右手で掴み、その流れを鏡越しに追う。

進は何も言えずに、ただ、自分の惨《みじ》めな姿に興奮していた。

その青年は胸に蝶々《ちょうちょ》を飼っていました。

誰もがそれを見たがったのですが、青年は微笑んだまま首を横に振るばかりです。

青年が胸の中の蝶々を見せるのはただ一人、湖畔《こはん》に住んでいる老人だけでした。

「さあ。今日も見せておくれ」

老人は青年を椅子《いす》に座らせ自分はその前にひざまずくと、青年のつるつるとした膝に干《ひ》からびかけた舌を這わせます。

青年はふわりと微笑むと、ゆっくりシャツのボタンを外しました。

するとどうでしょう。

開いたシャツの間から、色とりどりの蝶々が飛び出して行くではありませんか。

「おお……！」

老人は歯の欠けた口を大きく開くと感歎《かんたん》の声を上げます。

しかしそれだけではありません。

青年の胸にはまだ一匹の蝶々が残っているのです。

一番美しく一番大きな蝶々が。

「触らないの？　触っておくれよ、お爺《じい》さん」

青年は屈託《くったく》のない微笑みで蝶々の止まっている胸を老人に差し出します。

「ねえ、いつものように」

数多《あまた》の蝶々が飛び回る中、青年は己の唇を真赤な舌で濡らしながら服を脱いでいきます。美しい蝶々の張り付いた胸は老人の枯《か》れ枝のような指で汚されていくのですが、彼はそんなことお構いなしに甘い息を吐きます。

今にも事切れそうな老人に触られることによってだけ、青年は生きているということが実感できるのです。

それは青年にも分からないのですが、でもそうしないと生きていけないのですから仕方ありません。

そして、今日も明日も。

青年は老人に蝶々を見せ続けるのです。

「こんな田舎《いなか》でも、一応は世間《せけん》の目があるからね」

立花は進を、響の「書生《しょせい》」ということにして周りの目を誤魔化《ごまか》した。

それでも、いつともなく現れた青年は注目を浴《あ》びる。

特に、今まで頼まれもせずに響の世話を焼いていた女達は進を疎《うと》んだ。

女達は、響の使いで買い物に出かける進を親の敵《かたき》のような目で睨み、恨《うら》んだ。

「戦争が終わってずいぶん経つのに、まだ暮らしが楽にならない……」

「は？　どこから聞いて来た？」

「洗濯場《せんたくば》の女の人が文句を言っていた」

「……俺達には関係ない事だ」

「俺がここにいるから、仕事がなくなったとも言っていた」

進は、机に座してすらすらと万年筆《まんねんひつ》を動かしている響を上目使いに見つめた。

「はは。それこそ気にするな」

「そうか」

進は少しだけ笑うと、響の横にころりと猫のように丸まった。

響はペンを動かす手は休めずに、空いた左手で進の柔らかな髪をそっと撫でる。

こんなふうに、響は時折、物凄く優しく進に接した。

単なる気まぐれに過ぎないのだが、進にそんなことが分かるはずもない。

「響は酷いことを平気でするのに……どうして優しいんだろう……」

無闇《むやみ》に人を信用するなと立花に言われたのにも関わらず、進は響のことを「いい人」と思い込んでいる。

今まで誰からも優しくして貰ったことがないので、どんなに不埒《ふらち》な酷い扱いをされようとも、ほんの少しの優しさですべて許してしまう進を、誰も責めることは出来ない。

進は響の温かさが好きだった。だから余計に懐《なつ》いていく。

進には、響と自分と、この小さな離れだけが世界のすべてになった。

それはとてつもない不幸かも知れないし、しかし、涙が出るほどの幸福なのかも知れない。今はまだ分からない。

「響、ちょっといいかな？」

立花が庭の垣根の木戸を開けてやってくる。

その後ろには、派手な半襟《はんえり》、粋《いき》な着物を着た、長身の男が立っていた。

男らしい端整な容姿だが、どこかやくざな匂いがする。

「うるさい。勝手に入ってきて何を言ってる」

「相変わらずだな。今日はお客を連れて来たんだよ」

「客」という単語に進が怯えた。

「俺の戦友で相良《さがら》っていう彫《ほ》り物師《ものし》なんだ。昨今《さっこん》の流行作家の顔が見たいって言うんで連れて来ちゃった」

相良と呼ばれた男はにこにこと微笑んで、しかし桐生ではなく進に近づいた。

「お前は、この先生の犬なんだって？　へえ……話には聞いたことがあるが、本物は初めて見た」

立花と似たり寄ったりの年なんだろうが、笑顔は人なつこい。

好奇心の光を孕《はら》んだ探る瞳で、相良は進を見た。

彼は進の髪に触ろうとしたのだが、進は物凄い勢いで響の背中に逃げる。

「……立花。くだらないことを他人に言うな」

響は背中に進を抱きつかせたまま、ため息をつく。

「ふーん。こりゃまた綺麗な顔した先生だな。役者も顔負け。おまけに高貴な趣味を持ってらっしゃる」

「おい、相良。あんまりこいつを怒らせるようなこと言わないでくれよ。後で八《や》つ当《あ》たりされるのは進なんだから」

「そりゃ失礼」

進は響の肩越しに、横柄《おうへい》な態度の相良を見た。

「ん？　どうしたい、犬ころちゃん。俺の顔をじっと見て。あんまりいい男なんで見惚《みと》れてんのか？」

「……そうじゃない」

「またまた。素直になりなって」

「響の方が綺麗だ。ずっとずっと、誰よりも綺麗だ」

進は困惑した顔で、響に縋《すが》るようにして言った。

すると響が嬉しそうに笑う。

「うまく躾けてるな、桐生先生。羨《うらや》ましい。ところで……」

相良は立花が止めるのも聞かずに濡れ縁に上がり、響の顔をじっと見つめた。響も、これまたきちんと睨み返す。

「綺麗な肌してんね。彫りを入れてみたくないかい？」

「………………」

「似合うと思うんだがなぁ。背中一面に夜叉《やしゃ》とか……」

響は無言のまま、深いため息をついた。

「彫り物……？」

止せばいいのに進は、好奇心の尻尾《しっぽ》を振りながら相良に尋ねた。

「綺麗だよ。犬ころちゃんもするかい？」

相良は素早く進の腕を掴むと、自分の前に引き寄せる。

「張りがあっていいねえ。肌の色は浅黒いが、きっと艶っぽい彫り物ができる」

「は、離せ……」

「そう言わずに。うん。すべすべしてて気持ちいいな」

「離せ……っ」

響以外の人間は指一本触れるなと言わんばかりの勢いで、進がわめき出す。

「こいつは俺の犬だ」

響がやっと腰を上げた。

彼は進の浴衣の襟足を掴むと、力任せに引っ張って自分の胸の中に抱き込む。当然相良も一緒になってもつれ込むはずだったが、それには進が蹴《け》りを入れた。

「ひでーなぁ。年長者はもっと丁重《ていちょう》に扱えよ」

「いや。今のは相良が悪いと思うよ?」

一部始終を黙って見つめていた立花が、笑いを堪えながら言う。

「響」

進は響の首にしがみつき震えていた。

「大丈夫だ。今お前を触ってるのは俺だろ?」

優しい囁きに進は安堵《あんど》する。

響は優しい。時折酷く残酷なことをするけれど、最後にはこうして優しく抱き締めてくれる。

進は響の腕の中で嬉しくなった。

母屋の、ホテルのカフェで二人の男がのんびりと珈琲《コーヒー》を飲んでいる。

「なーあ、立花さんよ」

「なんでしょうかね、相良さん」

「あの綺麗な顔した作家先生、なんでお前さんとこに居座《いすわ》ってんの？」

「ああ？　響？　だってまぁ、あいつは一応俺の弟だから」

「ホントかよ。全然似てねぇ」

「だって母親が違うから」

「じゃあなんで、名字が立花じゃないんだ？　源氏名《げんじな》にしちゃ桐生ってのはいただけないぜ？　戦犯で死刑になった桐生子爵《ししゃく》と同じじゃねーか」

「相良、本能のまま動くのはやめてくれ。ちったあ考えればすぐ分かることじゃないか。

あいつのおふくろさんはあいつを身籠ったまま、桐生家の妾《めかけ》になったんだ」

「ふーん。で、確かお前のおふくろさんは、お前を生んだ後にすぐ死んじまったんだっけか？」

「よく覚えてたな。一回しか言ってなかったのに」

彼らは、不機嫌になった響に追い出されて、仕方なくここに移動した。

「……で？　お前さん本当は何をしにここまでやってきたんだ？」

「ん？　まあそれはそれってことで、軍医殿《ぐんいどの》」

相良は、軍にいた頃のように立花を「軍医殿」と呼んだ。

「今時任侠《にんきょう》は流行《はや》らない……と言っても、抜けられるような足は持っていなくてね」

「東京にいりゃあよかったんだ。組総出で土地を転がして、貸してやってんだろう？　若い女達を囲って、赤線青線《あかせんあおせん》で働かせて」

「若い連中が頑張《がんば》ってるからこそ、俺もここでこうして暢気にできるわけで」

「お前さんの彫り物の腕が素晴らしいから、みな敬意を払ってくれているんだろ」

立花はそう言って苦笑する。

「それもある。……しかし、あの離れの犬っころは病《や》んでるねえ」

相良は肩を竦めて、お茶うけの落雁《らくがん》を一つ、口に放り込んだ。

「二人揃《そろ》って病んでいるから、丁度いいのさ」

「……ああ、やっぱりねえ」

それきり、二人は口を閉ざした。


進は未《いま》だ響の胸の中にいた。

とくとくと二人の心臓の音が重なる。

「進」

響の低い声が進の耳をくすぐる。

彼は進の髪を梳きながら、片手で銀の首輪をくいと引っ張った。

そして響は、驚いた進の唇に、自分の唇を押しつける。

嬲られるのには慣れている、しかし、唇を押しつけ合うということはしたことがない。

進は、これは何かの仕置きだと思って暴れた。

「うっ！　うぐっ！　っつ！」

進はくぐもった声で訴えるが、響は聞く耳を持たない。

それどころか響は進の薄く開いた唇の間に、するりと舌を忍び込ませた。

「……っ」

口腔を嬲るたびに、進の体が粟立《あわだ》っていくのが分かる。

さんざん柔らかな粘膜《ねんまく》を堪能《たんのう》して、響はようやく唇を離した。

進は自分に何が起きたのか分からないまま、強ばった表情で響を見つめる。

「舌を出せ」

進は初めての感覚に脅え、首を横に振って拒んだ。

「言うこと聞かないか」

軽く頬を叩かれて、進はようやく舌を出す。響は自分の舌先で進の舌をくすぐるようになぞった。

「……はっ」

進は口を閉じることも叶わずに自分の舌を悪戯されて、ぎゅっと目をつぶる。

「感じるだろう?」

響は舌を舐め、絡め、唇をすぼめて進の舌を吸う。

進が感じているのが、触れ合った場所から響に伝わってくる。

響の舌は進の口腔を余すところ無く探り、唾液を混ぜ合わせ、それを彼の喉の奥に強引に流し込んだ。

「知らないのか？」

「な、何、を……？」

二人分の唾液を飲み下すのと息をするのとで、進は忙しい。

「だから、接吻《せっぷん》」

「接吻……？　今のが？」

「つまり、初めてか」

心なしか嬉しそうな響に、進はこくりと頷いた。

「気持ちよかったか？」

「分からない、でも……いやではなかった。犬に接吻する主もいるのか……」

「俺はお前の主人だから、好きなようにする」

「それでも、犬に接吻は……」

進は響の胸に縋《すが》りつき呟く。

唇を触れ合わせるのは、とても大事な行為なのだと、進もよく知っている。

だが、響が何を思って接吻したのかは理解できなかった。

「惚《ほ》れ合った男女だと、よくこういうことをする」

響は進に顔を近づけ、そっと唇を合わせながら囁いた。

「それは分かる。けれど……俺は……」

「お前は俺の玩具で、絶対に離さない。壊れてもずっと傍に置く。だから、こうして唇を合わせた。絶対に離さない証だ」

「それは……俺を愛《いと》しいと思っている……のか？　犬を愛しいと？」

進の声が震えた。

長い間、虐待《ぎゃくたい》され続けてきた進にとって、「愛しい」という言葉は宝石に等しい。

「俺が犬でも……俺が男でも……ずっと傍に置いてくれるということは、そういうことなんだろう？　響」

進の瞳がじわりと涙で潤《うる》んだ。

響は何も答えず、三度《みたび》進の唇に自分の唇を合わせる。

触れるだけの接吻は徐々《じょじょ》に激しさを伴い、二人は、口腔の中で舌を絡め合わせるだけでは足りなくなった。

一組しかない布団の中で、響と進は抱き合うように眠っていた。

いや、眠っているのは響一人だ。

進は彼の綺麗な寝顔を見つめながら、その額《ひたい》にかかる漆黒《しっこく》の髪をそっとなぞった。

同じ布団で寝かせてくれ、どんなに酷いことをしても最終的にはこうして優しく包み込んでくれる。

進は響のことを思うと胸が甘酸《あまず》っぱく締め付けられた。

「響……」

名前を小さく囁いた途端、進は泣き出したくなった。

胸の奥に鋭い痛みが走る。キリで突き刺されたような苦痛のあとに、じわりと広がる甘い痛み。

「響……」

囁くたびにその痛みはどんどん大きくなって、進はついに自分の胸を浴衣の上から押さえた。

「ずっと傍にいるよ。俺は……」

どんな惨《むご》いことをされても構わない。

どんなに嬲られても、響に必要とされているから。

だから進は、響の傍にいると決意する。

「響」

進は寝入っている響の瞼《まぶた》に、そっと唇を押しつけた。

「あんたが、俺に教えてくれた……」

進はふわりと微笑む。

「俺は……響のことが……」

進の世界の中には、響と、この小さな離れしかない。

自分を犬と呼び首輪をつけた響だけが、進のすべてだ。

世の中はどうなっているのか知らないが、進には響がいればそれでいい。

初めて触れた響の温かさと気まぐれな優しさに、彼は囚《とら》われた。

愚《おろ》かで無様《ぶざま》な醜《みにく》い感情。

でもそれは、進の前では美しく光り輝く。

常識から外れた世界で生きていた青年は、もう普通の世界には戻れない。

「響」

進の唇が、声にならない言葉をそっと動かした。

「愛しい」

響は俺のすべて。俺の世界。

何をしてもいい。何もかも許すから。

どんな酷いことをされても、ずっと傍にいて絶対に離れない。

進はもう一度「愛しい」と囁き、ようやく目を閉じた。


進はカーディガンに開襟シャツ、スラックスという格好で、白い息を吐きながら庭の落ち葉を集めていた。

まだ秋だとばかり思っていたのに、ここ数日で一気に冬がやってきた。

傍《かたわ》らには新聞紙に包まれた薩摩芋《さつまいも》。

「この前の宿泊客が、足りない旅費の足しにって沢山《たくさん》置いていったからおすそ分けだよ。落ち葉で焼いて食べてご覧」

そう言って立花が手渡してくれたものだ。

「響は何本食べる？　俺は……何本食べようかな。そうだ、燐寸《マッチ》はどこだ？」

濡れ縁で日向《ひなた》ぼっこをしていた響は、進のはしゃぐ声に重い腰を上げた。

「俺が持ってる」

響は突っかけを履《は》くと、進が集めた落ち葉の中に新聞紙で包んだ芋を突っ込み、燐寸で火をつける。

「昔……こうして芋を焼いたことがある」

進はそう言って、木ぎれを掴んでたき火の前にしゃがんだ。

そのとき。

「桐生先生……」

艶やかな声が垣根の向こうから聞こえてきた。

「桐生先生、最近ちっとも呼んでくれないのね」

二十代後半というところだろうか。

真っ直ぐな長い髪を後ろで一つに束《たば》ねた綺麗な、しかし、気の強そうな顔の女が一人立っていた。

「みゆき、寂《さび》しくてここまで来てしまったわ」

自分をみゆきと呼んだ女は進をじろりと睨みつけると、垣根の木戸を開けて二人のもとにそろそろと歩いてくる。

進は顔をしかめ、おずおずと響の背中に隠れた。

彼は響の周りにはべっている女達が嫌いだった。

進は何もしていないのに、響の傍にいられない逆恨《さかうら》みから意地の悪いことをする。

特にみゆきは、進を見かけると「あっちへお行きっ！」と、まるで畜生《ちくしょう》を追い払うような仕種をして嗤《わら》うのだ。

そして、進を部屋から追い出すと、つまらなそうな表情をしている響の手を引っ張って、離れの奥に引っ込む。

離れの奥で何が行われているか、進は知らない。

けれど最近はそういうこともめっきり減っていた。

響の暇は、進で充分すぎるほど満たされていたのだから。

「ねえ先生。また以前のように『遊び』ましょうよ。そこの書生は放っておいて」

「書生は俺の大事な助手だ」

「先生が言うならそういうことにしときましょ。……ねえ」

みゆきの目がゆっくりと細められる。

進は響のシャツを握りしめて、唇を噛み締めた。

若くして後家となってしまったみゆきは、その美しさと強引さを武器に、響の取り巻きの中心となり、響に想いを寄せる他の女達を仕切っていた。

響はその身勝手さに辟易《へきえき》していて、進にもよく呟いていたものだったが。

「仕方ない。……こっち来い」

このとき、響は何を思ったのかみゆきの手を取り、部屋の中に入っていく。

「響……？　芋は？　一緒に食べるよな……？」

眉間に皺を寄せて尋ねる進に、響の代わりにみゆきが返事をした。

「芋ならお前一人でお食べ。先生は私と『良いこと』する方が好きなのさ」

落ち葉はいつの間にか灰になり、旨そうに焦《こ》げ目をつけた芋を見せている。

けれど進はそれに見向きもせずに、悔しそうに唇を噛み締めて、戸の閉められた離れを見つめていた。

「一緒に食べようと思ったのに……」

進は、ごしごしと手の甲《こう》で顔を拭《ぬぐ》いながら呟く。

接吻をした日から響は以前よりも優しくなったような気がしたのに、またここで進はおいてきぼりを食らった。

「二人で……何をしているんだ？」

自分一人寒空《さむぞら》のもとにいるのに耐えかねて、進はついに濡れ縁に上り、静かにふすまを開けて奥の部屋を覗いた。

覗くなとは、誰からも言われていない。

だからこそ、猫のように息を潜めて、毎晩自分達が寝つく場所を覗いた。

布団の中でもつれ合う人間が見える。

妙に甲高《かんだか》い、湿《しめ》った声に急《せ》かされるようにして、響が体を動かしているのが見えた。

虐待と陵辱《りょうじょく》しか知らない進にとって、響とみゆきの行為は奇異《きい》に映った。

それがごく普通の男女の営みだとしても、気分が悪い。吐き気がする。

進は叫び出しそうな口を自分の手で必死に押さえ、響とみゆきを覗いた。

いつもは響と進が身を寄せ合って寝ている布団が、薄気味悪い何かに蹂躙《じゅうりん》されている。

進の大きな瞳から涙が零れ落ちる。手で口を押さえていても嗚咽《おえつ》が漏れる。

その時、ふと、何かの拍子にみゆきがこちらを向いた。

覗いている進と、目が合う。

そして彼女は進を見つめながら、勝ち誇《ほこ》ったように微笑んだ。

進は覗いていた戸も閉めずに、涙を零しながらきびすを返す。

ばたばたと、いつもなら響にうるさいと怒られる足音を響かせて、濡れ縁まで走った。

進は頭を抱えると、縁台《えんだい》に突っ伏した。

胸が苦しくて、悔しくて、悲しくて……なのに、声が出てこない。

進は体を小刻みに震わせ、「響は俺の主だ」と何度も繰り返す。自分に言い聞かせるように何度も何度も。

愛しくてたまらないのに、噛み千切ってやりたいほど憎らしい。

「……ひびき。いとしい……ひびき」

犬が主を慕《した》うのは当然のことだ。だから進は、自分の思いを正当化する。

愛しくて愛しくて、だから響からは絶対に離れたりしない。何でも言うことを聞く。

だから……あの女をどこか遠くへ追い払ってくれと、進は心から願う。

ようやく手に入れた、ほんの小さな幸福を奪わないでくれと、心から祈る。

「響……っ」

進は何度もシャツの袖で顔を拭うが、涙は次から次へと溢れ出てきた。

「おーい、響。出版社から電話がきたから、ちょっと母屋に来て……」

珍《めずら》しく玄関から離れに入ってきた立花は、一人で静かに泣いている進を見て驚いた。

「進？　……どうしたの？」

足早に近づいて進の傍に座り込んで尋ねるが、進は頭を左右に振るだけで何も言わずにただ泣いている。立花は眉を顰めた。

響に責められているのであれば、その張本人《ちょうほんにん》がすぐ傍にいるはずである。なのにここには進が一人きり。

「おーい立花ーっ！　違うだろっ！　折り返し電話をください、だろが！」

着物の上にはんてんを羽織《はお》った相良が、伝言を訂正《ていせい》しながら駆けてきた。

「あらまあ。進ちゃん、どーしたんだい？　そんなに泣いてちゃ目が溶《と》けちまうよ」

困惑した表情の立花の横に、相良は腰を下ろした。

「は、はは……溶けたりしない。もし本当に溶けるなら、俺の目はとうの昔に無くなっていた……」

進はようやく顔を上げる。

相良は彼の髪を優しく撫でる。立花も隣りで安堵のため息を零した。

ずるずると鼻を啜り、手の甲で一生懸命涙を拭っている進は、立花や相良からしたら年の離れた弟のように見える。実際彼らも、進を弟のように扱った。

「…どうしたんだい？　響に殴られたのかい？」

立花は、自分の前でちょこんと正座をしている進の顔を覗き込んで呟いた。

「その方が……よかったな。俺は何の取り柄《とえ》もない犬で……主を満足させることさえできない。響のためなら何でもできるのに」

進は涙を拭いながら顔を上げ、悔しそうに言った。

「そんなことをあの作家先生に言ったら大変なことになるよ、進ちゃん」

相良が優しく、そっと進を諭《さと》す。

「なぜ……？　俺は響とずっと……」

「殺されちまうからさ。そういうふうにしか愛情を表現できない連中は、大勢いる。あの作家先生もその一人だ」

「それでも……いい。響に殺して貰えるなら……。響に助けて貰わなければ、俺はとうの昔に野垂《のた》れ死《じ》にだ。響が拾った命を響が返せと言うなら、俺は喜んで渡す」

「馬鹿を言うんじゃない。進ちゃんまで作家先生に引き摺られることはないんだ」

相良は進の髪を優しく撫で回して囁くが、進は「ありがとう」と言うだけだ。

「……原因はアレか。まったく」

立花はふすまに耳を寄せ、中から聞こえて来る声にしかめっ面をする。

「あぁ？　なんなんだい？　立花」

「響の悪い癖《くせ》が出たのさ。どこぞの後家を引っ張り込んでる」

立花の説明に、相良は渋い顔をした。

「いつまでいるんだろう。あの女は。もしかして、これからずっと……ここにいるのか？　俺はここで、響の傍にいられるのか？　いられないなら、生きていても仕方がない」

「進。そんな物騒《ぶっそう》なことを考えるんじゃない。響のあれは、ただの遊びだ。お前が気にすることはないよ」

立花も進の傍らに膝をつき、彼を慰める。

「響は俺のすべてなんだ」

「そんなふうに切羽詰《せっぱつ》まっちゃいけないな。悪いことしか考えられなくなっちまう」

「それでも俺には……響だけだ」

「響に引き摺られて生きていくのかい？　行き先は地獄《じごく》しかないよ」

立花の低く冷たい言葉に、進は息を呑《の》んだ。

「あいつの心は見た目とまったく違う。ぐずぐずと腐《くさ》って、今にも崩れ落ちそうなんだ。進がそこまで心を寄せるような相手じゃない」

「立花……さん。でも、悪人はわざわざ俺を拾ってくれたりしないよ。たいした仕事もできない俺を養《やしな》っちゃくれない。一緒の布団に寝かせてくれたり……しない」

進は弱々しい笑みを浮かべて、響がしてくれた嬉しいことを挙《あ》げていく。

「そうじゃない。あいつは……」

いきなり相良に肩を叩かれ、立花はそこで口を閉ざした。

みゆきがふすまを開け、後《おく》れ毛《げ》を整えながら現れたのだ。

「おや。まだそんなところにいたのかい？」

彼女は立花や相良に目もくれず、真っ赤な目をした進に笑いかける。

「やだねえ、年増《としま》は。一度サカったらなかなかおさまりゃしない」

何も言えない進の代わりに、相良が辛《しん》らつな言葉を吐いた。みゆきの顔色が変わる。

「安い香水が臭いから、さっさと行ってくれないか？」

相良は形の良い眉を顰めてなおも言い放った。

「大きなお世話だよっ！」

みゆきはそれだけ言うと、そそくさと草履《ぞうり》を引っかけ、自分がもと来た道を足早に去っていった。

「相変わらずの毒舌《どくぜつ》だがな、相良。今のはすっきりした」

立花がくすくすと笑っている。進も肩を竦めて笑った。

「ふん。まだまだ。あんなのじゃ足りないくらいさ。ああいう女は図々《ずうずう》しいって相場《そうば》はきまってんだ」

「分かってはいるんだけどね。地元の人間としてはどうにも動けないんだよ」

「だから俺が代わりに言ってやったんだよ、立花」

相良は着物の袂《たもと》から煙草《たばこ》と燐寸を取りだして煙草を銜え、火を点けながら母屋に戻っていく。

立花は呆れ顔で、昼行灯《ひるあんどん》の彫り物師の後ろ姿を見送った。

「進」

「なんだ？」

「これ以上響に関わらず、俺のところに来なさい」

「できない。俺は響が愛しい」

首を左右に振る進に、立花は真剣な顔で続ける。

「愛しいなんて言っちゃいけない」

「何度も言った。でも俺は犬だから……響は何も言ってくれない。それでいいと思ってる。俺をずっと傍に置いてくれる……それだけで」

「本当に馬鹿だな、進。お前は響に殺されてしまうよ。冗談じゃない、本当だ」

「だから俺は……それでも……」

「せっかく助かった命なんだから、もっと大事にしておくれ。俺はこう見えても医者なんだよ」

「分かってる。……相良さんと二人で、俺の心配をしてくれてありがとう。こんなふうに誰かに親身《しんみ》になって貰ったこと……今まで一度もなかったから、俺は嬉しい」

進は何度も頭を下げるが、立花はますます機嫌が悪くなる。

「包丁《ほうちょう》でメッタ突きにされて、顔も判別できないような死に方をしたいのか？」

「……え？」

目を丸くする進に、立花は微笑みながらずいと近づいた。

「だって響はね、昔……」

「立花。何をくだらないこと言ってるんだ」

立花が最後まで言い切る前に、いつの間にか響が現れた。

シャツをだらしなく着こみ、障子に寄りかかりながら冷たい視線で二人を見つめる。

「別に。昔話をしてただけだよ」

「どうだか……」

静かだが、鋭い視線が絡み合う。

だが立花は先に視線を外すと、進の頭をひと撫でして離れを後にした。

開け放たれた縁側から、冬の冷気が染み込んでくる。

「進。雨戸《あまど》を全部閉めろ」

「夜じゃないのに？　ああ、薩摩芋を放ったままだ」

「そんなものは後回しだ。お前は俺の言うことを聞いていればいい」

「……分かった」

いつになく厳しい表情の響は、進に有無を言わさず、進は態度のおかしい響に戸惑いながらも言う通りにした。

好きだと言われた。
どうやって答えたらいいのだろう。
君は笑っている。
ああ。
その顔が好きだ。滑《なめ》らかな首筋が好きだ。
ぽきんと折れそうな腕が好きだ。
そっと手を伸ばして、君を抱き締める。
その細い腰が好きだ。
僕の髪を掻き上げる、白い指が好きだ。
君は笑っている。
僕は君の白くて小さな指を口に銜えた。
まだ君は笑っている。
僕は君の指に歯を立てる。
君の顔が少し歪む。
なにをするのですと、尋ねる。
今度は僕が笑う。

ああ。
君が好きでたまらない。
髪の毛一本までも愛している。
君は顔を歪ませて悲鳴を上げた。
その声も好きだ。
僕の口の中は、赤いとろりとした液体でいっぱいになる。
君が猫の子のようにもがいている。
僕は、その仕種に欲情した。

進は言われた通りに雨戸をすべて閉める。響は玄関口に鍵を掛けた。
まだ外は昼間だというのに、この部屋は何と薄暗いのだろう。
そして響は無言で進の手を引き、奥の部屋へと連れて行く。
さっきまで「遊戯」をしていた場所に。
布団が乱れ、情事の生々《なまなま》しさを進に見せつけた。

「……響？」

「お前さっき、覗いてたろ？」

「え……？」

「俺とあの女が『いいこと』していたのを、見てただろうって聞いてる」

進の体が強ばる。

それを見て、響の唇の端が少し歪んだ。

「俺は来るなと言ったな？　いつもそう言っていたな？」

冷ややかな声が響く。進は響の手を振り解こうともがいた。だが、一見《いっけん》細く華奢《きゃしゃ》に見える白い手は素晴らしい力でもって彼を繋ぎ止めた。

「躾けが甘かったか」

「響……っ」

進が首を左右に振る。

「主の言うことを聞かないと、どういうことになるか分かってんだろうな？」

響は進を乱れた布団の上に放り出すと、その上に馬乗りになった。

「響……ここは……っ」

まだうっすらと温かい。忌々しい体温を感じる布団に、進は低く呻《うめ》く。

「何が不満だ」

響の張り手が進の頬に落ちる。

「は……離せ……」

「犬のくせして生意気《なまいき》を言うな」

今度は、響は握《にぎ》り拳《こぶし》で進の顔を殴った。そして進の服を力任せに破《やぶ》り捨てると、余った布切れで両腕の自由を奪う。

「お前は犬だ。それ以上でもそれ以下でもない。大人しく俺の玩具になってろ」

響はゆっくり立ち上がると、仰向けに寝転がっている進の裸の胸を足で踏みつけた。

『お前は犬だ。それ以上でもそれ以下でもない』

この言葉は、進ではなく響が自分自身に言い聞かせるものであった。

こいつは犬だと。俺の犬だと。だから優しくなんてしなくていい、どんなに信頼の瞳を向けられても、いつも裏切っていればいいんだと、響は自分は主だから何でもしていいと自分に思い込ませる。

それ以外の感情など、まったく必要ないのだと。

「ひびき……」

胸を踏みつけられて進が喘ぐ。殴られた頬は真っ赤に腫《は》れ、鼻と唇の端からは血が一筋垂れていた。それでも進は、もう怯えた表情は見せない。

「そんな目で俺を見るな。犬のくせに」

響は自分の足を、進の口もとに寄せて呟いた。

「舐めろ」

進の半開きの口の中に、響の足の指が侵入《しんにゅう》する。強引に、容赦《ようしゃ》なく。

「ん、ぅ……っ」

それでも進は懸命に舌を這わせた。嘔吐《えず》くのを我慢していたら涙が溢れてきたが、悲しいからではなかった。

くちゅくちゅと、響の足の指に唾液が絡まっていく。

響は、こそばゆいような、それでいて不思議な満足感に満たされていた。

「それでいい。進。お前は俺の犬だ」

彼はようやく足を引くと、そのままゆっくりと進の体の上をなぞる。なめくじの這った跡のように唾液の道が出来た。

「あ……っ……あ、ぁっ」

その指に進が反応した。

「足で踏みつけられて感じるのか」

進の体はそういうふうに躾けられている。どんな行為からも体が快感を拾い上げていく。

響の足が進の陰茎に触れる。

じわじわと力を込めて性器を踏みつけてやると、進は歓喜の声を上げた。

「あ、ああ……っ……響、響……っ」

後ろ手に縛られた体を芋虫《いもむし》のように蠢かせて進が喘ぐ。

乱暴に踏みつけ、優しくひねってやると、陰茎は前よりも硬さを増し反り返った。

「……気持ちいいのか？　こんなことされて」

「ん、ん……っ……」

女の体液の染み込んだ布団の上で、進が頷く。

「どんなふうに気持ちがいい？　進。俺の足の裏は、お前の先走りでねっとりと汚れた」

「あ……っ……踏まれるのが……いい……っ……響に踏んで貰えるのが……っ……」

「そうか。俺に踏まれるから嬉しいのか」

響の足が円を描くように蠢き、熱を持った進の陰茎を弄んでから、ふっくらと持ち上がっている陰嚢をつま先で嬲る。

「ん……っ……そこ……だめ……玉は……っ……俺……っ」

「気持ちいい、の間違いだろう？　お前はこんなところを足で弄られて感じるんだ。この淫乱め。もっと足を広げて、恥知らずな一物と玉を俺に見せろ」

「あ、ああ……見せる……見せるから……っ……ああ」

進は言われるがままに大きく足を広げながら甘い声を上げた。

響の足の指は、勃ち上がった進の陰茎の裏筋を辿り、さっきはつま先で弄んだ陰嚢をやんわりとこねくり回す。すると進は、ぐいと腰を突き出して大きく喘いだ。

「ひっ、あ、あ……っ！　そこ、そこ弄られたら……ああ……っ……響っ……俺、玉は本当にだめ……っ……みんなそこばかり……責めるんだ……だめなのに、誰もやめてくれなくて……っ……だめ……気をやってしまうっ……玉を弄られて気をやってしまう……っ」

響は冷静な面持《おもも》ちで、進の陰嚢を乱暴に愛撫して射精させた。

進は幾度も続く射精の快感に体を震わせる。

「一物を扱かずに気をやったか。本当にお前は……いやらしい」

「あ……」

進は涙を浮かべて響から顔を背け、しどけなく広がっていた足を、慌てて閉じ始めた。

その仕種が、妙に愛しいと、響は思った。

だがすぐに否定する。

犬に対して今の感情は何だ。あり得ない。気味が悪い。これはただの独占欲《どくせんよく》だ。

「響……」

　哀願とも要求とも取れる進の声に、響は我に返る。

「黙ってろ、進」

　その声は酷く優しくて、進は震えながらも素直に頷いた。

　響は腰を下ろし、進の足の間に体を割り込ませる。

　そして、達したばかりの性器に触れた。指先で陰嚢をくすぐるように辿っていく。進は鼻に抜ける声を上げた。

　響は自分も充分猛《たけ》っているのが分かった。進の表情と仕種と声に煽られている。

「なんなんだ……苛々《いらいら》する」

　彼は舌打ちをしながら、下肢の最奥《さいおう》に指を滑り込ませた。

「あっ！」

　途端に、進の今まで柔らかだった体が強ばる。広げていた足を閉じて腰をずるずるとずり上げた。

「逃げるな」

「でも……そんなところは……誰も触れなかった……」

「え？」

響は眉間に皺を寄せて首を傾げた。

犬ならばどの場所を使っても性交できるように躾けられているはずだ。

「まさかとは思うが、進…お前、『ここ』を使ったことがないのか……？」

指先で後孔《こうこう》を突くと、進はかぶりを振った。

「もっと若い方が……柔らかくていいと、そう言っていた。俺は……性交を目的とする客でなく……もっと別の……」

「お前は、客に苛められ、弄ばれるだけの犬だったのか」

「……細い張形《はりがた》は、入れられたことはあるけど……それも、俺の一物を勃たせるために使われた。何度気をやっても、尻に入れた張形で中から刺激されて……気絶するまで強制させられた……」

「ああ、いいなその仕置きは。今度お前が悪さをしたら、そうやって強制的に精を搾《しぼ》り取ってやろう」

「……響にならら……何をされてもいい」

「可愛い犬だ。……俺が本当の意味でお前の主になるんだぞ？」

「嬉しい。……響が初めての相手でよかった。……どんなことも我慢する……」

微笑む進に、響は違和感を感じる。

「俺は響のために……なんでもやる。あの女がしていたことも、これからは俺がしてやれる。昼間から、庭で恥ずかしい格好をさせられてもいい。だから……もう、あの女とは会わないでくれ」

進が哀願する。

響の表情は冷ややかだったが、心はあり得ないほど高鳴った。

「犬のくせに」

響は、低く掠れた声で呟くと、自分を見上げている進を力任せに殴った。

何度も何度も。

そのたびに進はくぐもった呻き声を上げるが、悲鳴は上げない。

響はぜんまい仕掛けの人形のように、無表情で彼を殴り続ける。

鼻血が飛び散り、その顔が朱に染まっても、響は殴るのをやめなかった。それどころか、殴ることこそが自分の欲望を発散させるただ一つの手段だとでも言うかのように、半《なか》ば微笑みながら進を殴り続けた。

「ひびき……っ」

後ろ手に縛られて自分を庇《かば》うことさえできないというのに、進は一度も響に悪態をつかなかった。

気を失いぐったりとした進の体の上で、響は己の一物を激しく刺激し、彼の顔から胸にかけて白濁とした液体を解き放った。

畳や布団に血痕《けっこん》が撒《ま》き散らされ、まさにそれは修羅場《しゅらば》。

「何を……馬鹿なことを……っ」

響は荒々しく息を吐きながら、ぐったりとしている進の両手を自由にした。

鼻血と吐精で顔はおろか胸までもぬらぬらと汚れて鈍く光っている。

『あの女とは……もう会わないでくれ』

そう言った進の顔が浮かぶ。

「あんなことは、もう言うな」

響は自分の髪を乱暴に掻き毟《むし》る。まだ息が整わない。

「浮気を責める女みたいなことを言うな」

わざと進に情事を覗かせておいて、響は勝手なことを思った。

しかし、進がその台詞を口にしたとき、自分は確かに悦んだのだ。

「お前はそんなにも、俺を必要としているのか。まるで、俺がいなければ生きていけないような素振りだった。本当か？　俺になら何をされてもいいというのは本当か？　進」

だがふいに、胸の奥が針《はり》で刺されたようにキンと痛む。

「なんだ……？　今のは」

響は答えを求めるように進の体をそっと抱き寄せた。

さっきの仕種が嘘のように、優しく。

そして。

「俺がお前を必要としているんじゃなく、お前が俺を必要としているんだよな……？」

そう呟くと、響は意識のない進の、血と精液《せいえき》で汚れた唇に自分のそれをふわりと押しつけた。


あれ……？

進は響の胸の中で目を覚ました。

どんなことがあっても、やはり響は進を傍らに抱いて眠っている。

よく見ると布団も新しい。

進は嬉しくなった。でも少し微笑むと殴られた顔が痛む。

「……つっ！」

彼は思わず手を頬に当てる。

「あ、響……」

殴られた頬には湿布《しっぷ》があてがってあった。それは不器用で、何度も失敗して苦労したであろう跡が窺える。体も清《きよ》められていた。

「愛しい。……とても愛しい、響」

きっとまた立花や相良は「可哀相」だの「哀れ」だの文句を言うだろう。

だが構わない。

響だけが進のすべて。

この温かな体と気まぐれな優しさが、進のすべて。

進はそっと響に寄り添うと、再び瞼を閉じた。

朝になるにはまだ早すぎる。


朝食を離れに運んできた立花は、進の姿を見て少しだけ驚いた。

「響に酷いことされたの？　顔中に湿布を貼っちゃって……」

「大丈夫」

「こんなに傷作っちゃって、勿体ない」

卓袱台《ちゃぶだい》に一通り料理を並べると、立花は深いため息をついた。

進に傷を負わせた当の本人は、出版社からの電話に呼ばれ、母屋で話し込んでいる。

「……それでもまだ、響が好きかい？　進」

立花の問いにこくりと頷く進。

「……この湿布は響がやってくれたんだ。不器用だけど、凄く嬉しかった。響は優しい」

「そうじゃないだろう」

「布団も、新しいのに寝かせてくれた。響と一緒に寝たんだ」

打撲《だぼく》で痛む顔で、進は必死に笑みを浮かべようとする。

「今度響に酷いことされそうになったら、俺の所に逃げておいで」

「なぜ？　俺は響の犬だから、どこにも行かない」

「だって進。それ以上体に傷つけたら、今度は死んでしまうよ」

「それでもいい」

「よくないから言っているんだ」

「……ごめんなさい」

進が目を伏せて謝罪《しゃざい》した、その時。

「進、何をやってる。食事だ」

大層《たいそう》不機嫌な顔で響が戻ってきた。

「はい」

二人は立花の給仕《きゅうじ》で食事を始める。

普段は食事中、喋《しゃべ》らない響だったが今日は違った。

「今日からお前にもっと難しい本を読ませる。本を読むのは好きだろう？　俺が仕事をしている間は本を読んで頭を使え。いいな？」

「ありがとう。本は好きだ。そのうち、街に出て大きな本屋にも行ってみたい」

男がネックレスをつけたまま街に行くもないだろうと立花は思ったが、進を泣かせたら響が怒り出しそうなので控《ひか》えた。

「それと立花。晩飯を喰《く》ったら相良を連れて来い。彫り物を彫らしてやるから」

「え？　いいのか？　響。……そんなことして」

「別に構わない。彫って困るものではないし」

「分かったよ。話をつけとく」

二人の会話に入り込むことなく、進は、本を読める喜びに胸を踊らせていた。

響は机に向かい、原稿用紙にペンを走らせていた。締切を守らない彼のため、編集者は朝と夜、定期的に電話連絡を行い、進み具合を確認している。

締切が過ぎて今日で五日目の夜。

あぐらをかいて座り込んでいる響のすぐ横で、進は正座をして本を読んでいる。

風呂上がりの濡れ髪が艶やかだ。

「……響」

「どうした？」

「……また読めない漢字が」

小学校しか卒業していない進にとって、響の蔵書《ぞうしょ》はいささかハードルが高かった。

さっきから何度も「読めない」と言い、情《なさ》けない顔を響に見せる。

辞典《じてん》の引き方を教えればどうにかなるのだが、響は、進の情けない顔を見たかったので辞典のことは教えなかった。

「なんという字だ？」

ぎこちなく本を操《あやつ》る進の前で、響は鼻で笑って呟く。進の髪を優しく撫でながら。

「この字……」

「ん？　……それは『びとく』と読む。小学校で習う漢字だろうが。忘れたのか？」

「どうやら忘れてしまった。だが響が教えてくれたから、これからは絶対に忘れない」

進は『美徳《びとく》』という文字を、不思議な顔をして読んだ。

「意味は？　響」

「俺にもお前にもないものだ」

「必要ない？」

響は苦笑を浮かべて「そうだな」と頷いた。


「あーあ。よく寝たぁ。寝覚め一発目の言葉がよかったから気分爽快《そうかい》だねぇ」

相良は商売道具片手に、響と進の前で煙草を吹かす。

外はもう月明かりを頼りに歩く時間だ。

「で、桐生先生。あんたのどこに彫りを入れたらいいのかな？　腕かい？　それとも背中一面に入れさせてくれんの？」

彼は嬉しくて仕方がない。

響の肌の綺麗さは周知の事実だ。その肌に彫りを入れることが出来るなんて彫り師冥利《みょうり》に尽きる。

「……誰が俺に彫りを入れるって言った。入れるのは進の方だ」

「へ？　進ちゃんに？　かたぎに戻してあげらんなくなるよ」

「別に。こいつは犬だから構わない」

相良は、傍らで消毒の用具を手にした立花と目を合わせて沈黙《ちんもく》した。進の方は状況が飲み込めずに残り三人の顔を交互に見ている。

「言っとくけど……物凄く痛いんだよ？　やめんなら今のうち」

「主の俺がいいと言ってるのだからいい。……さっさと始めろ」

「あ、そう。分かった。分かりましたよ」

相良は職人の顔になる。

「進、浴衣を脱げ」

「え……？　でも、俺」

「馬鹿。脱げって言ったら脱ぐんだ」

主の容赦ない声がかかる。

そして従順な犬は言われるままに、自分の体を覆《おお》っている布を脱ぎ捨てた。

「これで……いい？」

下着をつけることを禁じられているため、進は自分の陰茎を両手で隠すようにして座り込んだ。

「じゃ、先生は進ちゃんを後ろから抱き締めて、動けないようにして。立花は、これをお願い」

相良は立花に長めのさらしを渡すと、自分は自分でさっさと手を消毒する。

「どっちの足を縛ればいいんだ？　相良」

「そうだねぇ。右足を縛っておくれ。左に彫りがあれば先生の右手が触りやすい」

「はいはい」

そう言うと立花は慣れた手つきで、進の右足を、足首が太股《ふともも》にぴったりくっつくようにして折り曲げたまま、きゅっと縛りつけた。

「なに……？　俺は……響の犬だ……弄ばれるのは……」

尋常《じんじょう》でない雰囲気《ふんいき》を悟《さと》った進は、響に羽交《はが》い締めにされたまま声を震わす。

「綺麗なのを彫ってあげるから、泣かないでおくれね？」

相良がにっこり微笑むが、進は首を左右に振った。

「響……何が起きるんだ？　何故《なぜ》俺は……」

「黙ってろ。お前は酷くされるといいんだろ」

響は前よりも力を込めて進を押さえた。

「えっとねぇ……立花、今度はこっちの足をそこの柱に縛っといて。暴れられたら狙《ねら》いが狂っちまう」

「ほいよ」

立花は進の左足首にさらしを回すと、一番近くの柱に縛りつける。

「響……っ」

進はやっと湿布の取れた顔を逸らして、羞恥に耐える。

下肢を露わにさせたまま、股を大きく開いた姿。下肢を覆う体毛から陰茎までが、蛍光《けいこう》灯《とう》の光のもとに現れた。

「見ないで……」

進の体が小刻みに震えているのがわかる。

「大勢に弄ばれたときのことを思い出すのか？」

響は進の髪に顔を埋《うず》めながら呟いた。

進は小さく頷いた。

「今は違う。お前に酷いことをしようなんて奴はいないさ」

響は楽しそうだ。

進の髪に唇を落としながらそっと囁く。

「あーあ。病んでるねぇ」

相良は進の股間の前に腰を下ろし、墨《すみ》を磨《す》っている。

「人のこと言えないだろう？　相良」

立花は彼のやや後ろに座って、一服《いっぷく》しながら呟いた。

「そりゃないでしょ？　…んで、作家先生。何を彫りましょうか？　鳳凰《ほうおう》にするかい？

それとも牡丹《ぼたん》？」

「桜がいい。ちょうどここから……この辺まで。桜の花」

指をついと伸ばして、桐生は進の左足の付け根から膝の少し上までを撫でる。

ぴくりと、進が反応した。

「あと、『墨』は入れるな。『紅』だけで針を打て」

「そんな。輪郭《りんかく》取らないのって難しいんだよ？　知らない奴はこれだから」

「出来るか出来ないか、どっちだ？」

「ひでぇこと言うねぇ、綺麗な顔して。……関東じゃ俺以上の腕前はいないんだぜ？　出来るに決まってんじゃねぇか」

「じゃ、さっさとやれよ」

少々むっとした相良が紅筆《べにふで》を取ったところで、立花がそっと声を掛けた。

「上品なものを頼むよ。一生咲かせておく花なんだから」

「少し黙っててくれてもいいんじゃないか？」

縫《ぬ》い物に使うような細い針の先に紅筆で色を付ける。

針は人が持ちやすいように先だけを鋭く尖《とが》らせて、普通の筆のように柄《え》がついていた。

それを慎重《しんちょう》に、進の肌に垂直《すいちょく》に打つ。

柔らかな肌は弾力《だんりょく》で抵抗を試《こころ》みるが、力尽き、ぷすりと針を受け入れた。

「ぐ……っ！」

進が苦痛に仰け反る。

関東随一《ずいいち》と豪語《ごうご》するだけあって、相良の彫りは素晴らしかった。普通なら描かれるはずの下絵もなしに針を打ち続ける。頭の中に浮かんだ図案通りに打っていく。

針を打つたびに、傷付けられた皮膚《ひふ》からは柘榴《ざくろ》の実のような血玉が噴き出し、彫りが入っているのかどうなのかわからない。

「立花、サラシに消毒液を付けてここ拭いて」

相良は、血で滲んだ進の太腿《ふともも》を指さして、シャツの袖で額の汗を拭う。

「立花、こっちも」

突然響が口を開いた。怪訝《けげん》に思った立花だったが、進の顔を見た途端納得できた。

唇を噛んでいた進が、唇を噛み切ってしまっていたのだ。

「馬鹿だね。痛いなら言葉にすればいいのに。その方が響も喜ぶんだから」

「俺は、馬鹿じゃ…ない……」

「知ってるよ」

立花はにっこり微笑むと進の唇をそっと拭い、サラシをそのまま口に銜えさせる。

「……?」

「大丈夫。痛かったらそれ齧《かじ》ってな、進」

立花は別のサラシに消毒液を浸《ひた》しながら言う。

「立花、早くしてくれよ。畳を汚しちまうだろう」

「済まないね」

血の滲んだ進の股間を、立花はサラシで拭き取る。

「先生……ちっと時間かかるよ？　あんま続けて針を打ってると肌が熱持っちゃうし、進ちゃんの体力も持たない。十日ほどに分けなきゃだめだな」

「そんなゆっくりしないとできないのか？　針なんてどう打ったって同じだろう」

「やだねぇ、素人は。斜《なな》めに針刺すのは楽だけど、そうしたら色が滲むの。だから垂直に刺す。綺麗な仕上がり見たいだろう？　だったら待つっ！」

相良は、うっすら色づいた進の太股を、満足そうに見つめながら釘を刺す。

桐生は進にそっと囁いた。

「痛いか？」

「ん……」

「こうしてやるから、我慢しろ」

響の指が進の陰茎にゆっくりと絡みついた。

「その方が気が紛れていいかもね」

煙草を銜えて立花が賛成する。

「あんまり早く気をやらせるなよ？　じらしといてくれ。その間に桜を一つ仕上げちまう」

相良は再び進の股間に顔を寄せると、針を打ち始めた。

進の口からくぐもった声が聞こえる。サラシを銜えたままなので息をするのが辛いらしい。

「声、聞かせろ」

響の手で、サラシは透明《とうめい》な唾液の筋を垂らしながら引き抜かれた。

「ん……っ……はぁ……っ」

痛みと快感の波が交互に進を襲《おそ》ってくる。

進は畳を掻き毟りながら、腰を振りたくて体を蠢かせた。けれど響がぐいと押えつけ、それをさせない。

「だめ……響……あ、……っ」

「可愛いね、進。その顔もっと見せて」

立花は、頬を染めながら涙を浮かべる進の顎《あご》に手を掛けて、こちらを向かせようとしたが響に遮られる。

「こいつに触るんじゃない」

「勝手な奴だな。人に手伝わせといて」

「俺の犬だから、俺が触る」

「あぁ？　悪いねぇ先生。俺は進ちゃんにべたべた触りっ放しだ」

「今は仕方がないだろうが」

響は進の陰茎を優しく撫で回しながら嘲笑《あざわら》った。

「だめ……」

「みんなに見られてんのが恥ずかしいのか？」

進は目を閉じ、小さく頷いた。

「嬉しいくせに。もっと足を広げて声出せ」

淫らな指がなおも刺激を与える。

我慢できない進が体を震わせるたび、股の間から、仕事を中断せざるを得ない相良のため息が漏れた。

「あ……っ……足が……熱くて……っ……体が……っ」

どうにかしてくれと、進が泣く。

肌に針を打たれる痛さが熱を生み、それがとろとろと腰に溜まり沸騰《ふっとう》する。

「もう痛くないな？」

「ん」

「気持ちいいんだろ？」

「ん」

「淫乱が」

響はそう呟くと、進の頭を自分の胸に抱え込んだ。

「お前は俺だけの犬だ」

そして唇の端をきゅっと上げる。

「矛盾《むじゅん》してるよな、先生。可愛がるにしろ苛めるにしろ、徹底的にするのが主人ってもんだろう？　こんな可哀相な犬ってありかい？」

「相良。お前は黙って彫りを入れていろ」

「酷い扱い。立花もよくこんな先生につき合ってるよなぁ」

「腐れ縁だ。……もしくは同類相憐《どうるいあいあわ》れむってやつ」

「そーなの。じゃ、俺もお仲間ってわけね？」

不毛な会話。理不尽《りふじん》な振る舞い。

進は響の腕に縋りながら足を大きく広げ、深紅《しんく》に汚れた下肢を晒し続けた。


結局彫りはきっちり十日かかった。

強行したために進は高熱を出し、臥《ふ》せっている。

響の原稿の方はあっという間に上がり、落とさずに済んだ。

「氷を持ってきたんだけど……響」

「俺は進ちゃんにお見舞い」

立花と相良が、手にそれぞれ物を持って現れた。

「ありがとう」

布団に埋《う》もれながら、進が掠れた声を出す。熱のせいで目が潤んで、情事の後のような顔だ。

響はそれを横目で見ながら、悠長《ゆうちょう》に煙草を吹かしていた。

「甘いモンは好きだろう？　水飴《みずあめ》を持ってきたから食べてね」

立花が氷嚢《ひょうのう》の氷を入れ替える横で、相良は水飴の入った小さな瓶《びん》の蓋《ふた》を開ける。

「ああ……昔、縁日《えんにち》で一度食べたことが……。甘くて旨かった……」

進はぼうっとした顔で少し笑った。

「温めてきたから。……あれ？　と、匙《さじ》がねぇなあ……。ま、いっか」

相良はぶつぶつ一人言を言うと、人差し指を瓶に突っ込んでその指に水飴を絡め取る。

そして進の口もとに持っていった。

「ほれ」

進は僅かに口を開き、舌先でゆっくりと舐め取った。

「甘い。贅沢だ……」

「もっと舐めていいんだよ。これは全部進ちゃんのなんだからね」

相良が微笑んで指を差し出す。

「ありがとう」

進は舌を出して一生懸命に舐め取った。

奇妙な光景。

布団から体を起こし、ぺちゃぺちゃと相良の指を舐め続ける進。

響は、吸っていた煙草を乱暴に灰皿に押しつけて火を消すと、進の顔を覗き込んだ。

「旨いか？」

そう尋ねると、進は笑みを浮かべてこくりと頷く。

「そうか」

そして響は進の頬を思い切りはたいた。

ぱしん、と、小気味《こきみ》よい音が部屋に響く。

「先生。乱暴はいけないなぁ。まだこの子は熱あるんだから」

さほど心配そうでない声で、相良は横倒れになった進の肩を抱いて起こした。

傍で見ていた立花は眉を顰める。

「進。お前は俺の犬なんだから、俺以外の奴から物を貰って喜んでいるんじゃない」

「でも……この場合は……」

「口答えするな。相良、それ寄越《よこ》せ」

「はいよ」

響は相良から水飴の入った小さな瓶を受け取ると、自分の指にそれをまぶし進の前に突きつける。

「舐めろ」

主人の命令に、進は水飴のついた彼の指に真っ赤な舌を這わせ始めた。

大切に、一滴《いってき》も逃さぬように。

丁寧に丁寧に舐め取る。

「だいぶ色っぽくなってきたじゃないか、進ちゃんも」

「響って結構しつこいからね。…それに進は響が好きだから」

二人の大人は彼らに聞かれないように、ひそひそと内緒話《ないしょ》をしている。

「んん……っ……はぁ、あ……」

口の中を響の指で弄ばれて、進の体は熱を増す。もぞもぞと足を動かし、進はもどかしい思いを響に伝えた。

「したくてたまらないのか？」

響の声は嬉しそうだ。余った手を布団の中に忍ばせ、進の体をまさぐる。

「ほんとに哀れな犬だよねぇ。あんな男に恋をするなんて」

「ま、殺されないだけましと思わなくちゃな。……相手が響だけに」

立花は意味深に呟いて、そっと微笑んだ。

そして。

「なあ、響。そうだろう？」

進の体を悪戯している響に問いかける。

「昔のことだ。お前はまだ覚えてるのか？」

「忘れたくても忘れられないんだよ。ゆきえさんの死に様は」

「ゆきえって？」

そこいらへんの経緯《いきさつ》を知らない相良が割って入る。

「ああ。こいつの母親。俺が招集される直前に、誰かに殺されて、結局犯人は見つからずじまい。表向きの話だがね」

立花が父親の後添《のちぞ》えにと思っていたゆきえは、立花が十の時、桐生家の当主に妾にされた。ゆきえはここら随一の芸者だった。

それをたまたま桐生家の当主に見初《みそ》められ、半ば強引に屋敷に連れ去られたのである。

しかし、彼女の腹の中には既に「響」が宿っていた。

何も知らない当主は放蕩《ほうとう》を続け、ゆきえに貢《みつ》いだ。

「なに？　殺された母親とこの先生と、なんか関係あんの？」

「おおありさ。だってこいつは自分の母親を殺してしまったんだから」

「なんだって……？」

立花はゆきえが好きだった。自分の母親になってくれるのを切《せつ》に願っていたのだ。一人息子だった彼は、年の離れた兄弟が出来るのを楽しみにしていた。

なのに。

生まれてきたのは綺麗な顔をした化け物《ばもの》だった。

「ふん。『血は争えない』ってやつだろ。自分だって似たようなもんじゃないか」

響は進の反応を気にしながら呟く。少し唇の端を歪めた。

「お前と一緒にするな。俺の心を駄目《だめ》にしたのは戦争だよ。今でも夢を見る。……お前は嫌いだったかも知れないけど、俺はゆきえさんが好きだったんだ」

「だから、骸《むくろ》はくれてやったじゃないか」

「あんな血みどろの肉塊《にくかい》を貰ってどうしろというんだ？　せめてもっと綺麗に殺してくれ

たら剥製《はくせい》にできたのに。俺だけの剥製にな。骨だけ残して野良犬にくれちまったよ」

「どんなに立派な学校に行って医学を勉強したって、心の中は俺とまったく同じだ。腐ってる。手の施しようはない」

「だからって、進を同じ目に遭わせていいって訳じゃないだろう?」

その時。

熱い体を持て余した進が布団を蹴った。

左の内股に咲いた桜の花が綺麗に色づいている。

三人とも、しばしその花びらに見惚れた。

「殺すってのは、一種の愛情表現だろう? 立花。自分以外の誰にも触れさせたくない、でもそれが叶《かな》わなかったら、そりゃもう殺すしかないよ」

相良の言っていることは目茶苦茶《めちゃくちゃ》だったが、それも一理《いちり》ある。

「だからって、実の母を殺すか? 幻想小説を得意とするだけあって、響は『ここ』が少々イカレてんだよ」

立花は自分の頭を指さしながら、相良を睨む。

「そうかねぇ。俺は、イカレてんのはみんな一緒だと思うけどな」

自分の母親を殺した小説家。

未だに戦場の夢を見続ける、元軍医のホテルの跡取り息子。

やくざな世界に身を置き、人の道の裏から世界を見つめてきた彫り師。

そして。

銀の綺麗な首輪をはめた、一匹の犬。

従順で無様《ぶざま》な振る舞いをする進だけが、彼らを慰められるということに、まだ誰も気づいていなかった。

いや、気づかない振りをしているだけなのかもしれない。


「なるほどね。……進ちゃんに彫りを入れさせたのは、こういうわけだったのか」

冬が去り、だいぶ暖かくなってきたホテルの庭先で、相良は安楽椅子《あんらくいす》を引っ張り出してそこにふんぞり返りながら本を読んでいた。

「なぁ、立花。ここんとこの描写《びょうしゃ》なんて凄いねぇ。俺、モデル代を貰わなくちゃ」

「……だよね。……すると主人公の女の子は進がモデルか」

立花も、相良と同じ本を手にして呟いた。

それは今月の頭に発行された響の新刊である。

タイトルは『はなびらの肌』。

まだまだ物資は足りず、印刷も装丁《そうてい》も悪かったが、本はそこそこ売れているらしい。

「官能《かんのう》小説みたいな題だけど、なんかこう、不思議な話だよね」

「あいつの頭ん中と一緒なだけさ」

「まぁ辛らつな。でも、これだけ書いてるとさぞかしファンレタアも多いんだろうね。作者は色男《いろおとこ》だし」

「まあね。よくもあれだけ使えない物を送ってくると感心する。……ああ、進！」

立花は紅茶を飲もうとしたが、離れに向かおうとする進の姿を見つけ、今までとは打って変わって微笑みを浮かべた。

「あ、立花さんと相良さん……。いい天気……ですね」

両手一杯に手紙やら箱やらを持った進が、二人に笑いかける。彼は既に計算事も学習し、かなり難しい本も理解出来るようになっていた。

それが、時折教師役を買って出ていた彼らにとっては嬉しくもあり、寂しくもある。

「それって先生への届け物かい？　こりゃ凄いねぇ」

「そうです相良さん。響は『売れっ子作家』なので」

「ところで進。まだ響にぶたれたりしてるのかい？」

立花は進の口に小さな砂糖菓子《さとうがし》を一つ押し込むと、首を傾げて尋ねた。

「俺が悪いことをするからで……それ以外の時はとても優しいです。ずっと俺と一緒に寝てくれているし」

「分かった、分かった。そんな真剣な顔にならなくていいから」

「…でも……その……相良さん。俺がこの前読んだ本に……」

「何？　進。言ってご覧。俺と立花でわかることがあったら教えてあげるから」

「男が男を好きになってはいけないと書いてあった。俺は、牢屋《ろうや》に繋がれるような悪いことをしているんだろうか。男女でなければ、どんなに愛しく思っていても、共にいられないのだろうか……」

途方《とほう》に暮れたような顔をして、進が声を震わせる。

きっと海外の翻訳本《ほんやくぼん》を読んだのであろう。日本であればいけないことであっても、さすがに牢屋に繋ぐなどという言葉は出てこない。

「そうだねぇ。男女の中でしか子供は作れないからねぇ」

相良が呟いた。

「俺が響の子供を作れればいいのに……」

「錬金術《れんきんじゅつ》じゃないんだから、無理。進、俺が貸してあげた生物の本を読んでないだろう？」

戒めるような立花の台詞に、進は首を竦める。

「ホントはさぁ、男同士でも女同士でも、もちろん男女でもだよ、好きだったら一緒にいてもいいと思うんだよな。俺はさ」

「あーあ、相良。自分ばっかり良い子になって。ずるい奴……」

「ふん。俺はこういう人間なのさ」

「二人とも……ありがとう」

彼らの前で進が笑う。

銀の首輪をつけたままで、無邪気《むじゃき》に笑う。

「その首輪、何か言われないかい？　進」

相良は進の着物の襟を広げ、銀製の首飾りに視線を向ける。

「みゆきって人に、響から貰ったのがバレた……」

「あの年増はっ！　こんな若い子を苛めて何が楽しいんだろうねっ！」

「さ、相良さん、苛められてはいないから。嫌みを言われただけだ」

「だったら言い返しなさい。この俺のようにね！」

相良の台詞に立花が吹き出す。

進は眉をしかめて唇を尖らせた。

そして何かを思い出したように『あっ！』と声を上げる。

「どしたの？　進ちゃん。色っぽい声出しちゃって」

「響が待っているんだ。早く戻らないと、また怒られる」

彼は挨拶もそこそこに、沢山の荷物を抱えたまま離れに向かって走り出した。

進は、太股に彫りを入れられてから着物を着せられていた。もちろん下着はつけさせて貰っていない。

響がいつでも桜の彫りを見られるように、はだけやすい着物を着せられているのだ。

「危《あや》うい格好だな、あれは」

「響のためだろ？　そっとしといてやれよ、立花。あんたはもしものときのために、当たり障《さわ》りのない死亡診断書《しぼうしんだんしょ》でも作っていればいい」

響は濡れ縁に座り込んで煙草を吹かしていた。

庭先に植えてある桜の、だいぶ膨《ふく》らんだ蕾《つぼみ》をぼうっと眺《なが》めている。

「響っ！　持ってきた……っ」

「遅い」

「ごめんなさい」

進は息を切らせながら、両手の荷物をばらばらと縁台に落とした。

「たいしたものは、ないな」

絢爛豪華《けんらんごうか》な貢ぎ物の数々を引っかき回しながら、響は罰当《ばちあ》たりなことを呟く。

「そ、そう？　みなとても綺麗だと思うけれど……」

読者がわざわざ見繕《みつくろ》い、はたまた丁寧に手作りされた物。

進は、豪華な絹のシャツやら菓子で作られた花束やらを手にし、感歎の声を上げる。

「見てくれだけだ」

それでも彼は一応、華《はな》やかに飾られた包みをびりびりと破り中身を確認した。

進も真似《まね》をする。

変わった遊戯をするように、次から次へと包みを破いていく。

「あれ？」

進が眉を顰めた。

貢ぎ物の一つを手に取り、じぃっと見つめる。

「なんだ？　進」

「これはもしや……」

彼は『それ』を握りしめたまましばらく考え込んでいたが、はたと気づき、顔を真っ赤に染めて放り投げた。

「お、俺には……必要のないものだから……っ」

進は、真っ赤な顔で言い訳を言う。

「……？」

響は首を傾げると、進が放り出したものを手に取った。

そして、なるほどと肩を竦める。

「な、な、なんでそんなの送ってくる？」

進が焦るのも無理はない。

それは鼈甲《べっこう》で作られた、張形だったのだ。かの昔から女性達の自慰用《じいよう》に用いられていたもの。その中でも鼈甲製は品質の良い高値なものだ。

人肌に温めると柔らかくなり、さも本物の一物のような質感をもたらす。

響の手の中には大人と子供の間ぐらいの大きさの、しっかりと怒張《どちょう》した張形が収まっていた。

「たまにこういうのもくる。でもこれは使えるな」

「な……に？」

進は響の瞳が怪《あや》しく光ったのを怪訝に思い、おずおずと尋ねた。

「いい遊び道具が出来た」

彼は進を縁側から引っ張り上げると、そのまま奥の部屋に連れていく。

「響？」

腕を引っ張られながら、進はこれから自分の身に何が起きるのか理解した。


「ん……、んぅ……っ」

進は布団の上に寝転ばされ、鼈甲の張形を口に銜えさせられていた。あまり大きくないとはいえ喉の奥まで銜えていたら、呼吸が苦しい。

その間に響は、彼の両手両足をタスキで縛り上げた。

右手は右足、左手は左足と、手首足首が重なるようにきゅっと縛る。仰向けに寝かされたその格好だと自然に大きく股が開く。

響の目の前に、下着をつけていない進の股間が露わになった。

「いい格好だ」

彼は喉の奥で笑うと、進の着物の襟元をはだけさせ胸も露わにする。そしてつんと勃ち上がった両の乳首を指でこね繰り回した。

「くふぅ……っ！　んん……っ……」

唇の端からだらだらと唾液を滴らせながら、進が呻く。

ふと。

響は進が口に銜えていた張形を外した。彼の声が聞けないのを嫌がったのだ。

「……はふっ」

進は安堵の声を上げる間もなく、今度は淫らな喘ぎ声を上げ始めた。響が、手にした張形で進の胸の突起を突き出す。淡い紅に彩《いろど》られた突起の周りから中央へと、強弱をつけて。

「あっ、ああ……響……っ」

いやいやと首を左右に振るたび、進の髪はぱさぱさと枕の上に散る。

それをじっと見つめながら、響は進の左太股の彫りに指を這わせた。

桜の花びらは今にも散ってしまいそうなくらい震え上がる。

「いいだろう？」

「ん、ん……っ……いい……っ……気持ちいい……っ」

「こっちもして欲しいか？」

響の指が太股から、勃ち上がった陰茎へと移動した。

進の陰茎は何か別の生き物のようにぴくぴくと痙攣《けいれん》し、新《あら》たな刺激を待っている。

「んっ！　響……あ…っ」

胸の突起を嬲られ、鈴口の先端を指先でくるりと撫でられた進は、少女のような甘い声を上げた。

「もっと、聞かせろ」

響の背筋から腰へ、甘い戦慄が走る。

「もっとその顔を、見せろ。快感に染まった顔を、俺だけに見せろ」

進は解剖《かいぼう》される蛙《かえる》のような格好で、ぎこちなく腰を振った。

縛られた腕では響に縋れないのがもどかしい。

でもきっと。

響は、縋りついて来ようとする進の手を振り払うだろう。進の腕が響の背に回されるのを許されたら、それは主人と犬の関係ではなくなってしまう。

進は、響と一緒に居続けるために、主従《しゅじゅう》関係は崩したくなかった。

どんなに愛しいと囁いても呟いても、それは犬が主を慕うのは当然だと、進はそう思い続けた。

響もまた、進を嬲るときはほとんど縛り上げている。

戒めを取ってしまったら、二人の関係がどう変化するのか分からない不安があった。

「……進」

ただ嬲っているのに飽きた響は、一旦《いったん》進の体を離すと、布を被《かぶ》ったまま隅に置いてあった姿見を出してきた。鏡に映った己を見ると、いつもよりも興奮して恥態を晒す進が見たかったのだ。

「あ……っ……だめ……っ」

進は嫌がるが、彼の体は求めている。

淫らな自分を鏡に映して興奮したいと、願っている。

「ほら。よく見ろ。……お前の尻は、こんなに真っ赤になってる」

小さな子供が親に抱えられて用を足すときの格好をさせられて、進は唇を噛み締めた。

「まだ恥ずかしいのか？」

響の声が耳元に響く。進はこくりと頷いた。

「いい加減、半端な羞恥心は捨てろ。お前は犬なんだから、どんな格好をしていたっていいんだ」

「でも……恥ずかしい……っ」

進は鼻の奥がツンとしてきて、涙が出そうになった。

自分の愛しい主は、犬を辱《はずかし》めて弄ぶことがたまらなく好きなのだ。

進は、もし、自分が犬でなければ、響と出会えただろうか。響は自分に興味を持ってくれただろうかと、仕方のないことを考えるようになった。

分かってはいるのだ。進もだてに勉強していたわけではない。

自分は卑《いや》しい存在で、主なくしては生きていけないということを。

主に『主人』以外の感情なんて持ってはいけないことを。

そして、自分のような存在は、本当はこの世に存在してはいけないことを。

ついに進の瞳から涙が零れた。

どうしようもない、手に余る感情を抱えて。

主は、大事な愛しい主は、進を犬以下にも犬以上にも思っていないだろう。

「泣くな」

響の声は酷く優しい。それが進には辛かった。

立花や相良が言っていた通りに、ただ物のように扱われ徹底的に蔑まれていた方が何倍もよかったと、進はそんなことまで思った。

「進、どうした」

「な……なんでもない」

「鏡を見ろ。いいものを見せてやる」

進の思惑など預かり知らぬ響である。彼は進の体を少し仰け反らせると、さっきまで使っていた張形を手にした。

「あ……だめ……っ」

「黙って見てろ」

張形が進の股をつうっと辿り、濃紅色の蕾にあてがわれる。

「だめだ……そんな太いものは……入れたことが……っ」

「……うるさい。力を抜いてろ」

言うが早いか響は、張形を進の蕾に押し入れた。ぐりぐりとねじ込むように、無遠慮《ぶえんりょ》な力でもって。

「ひっ！　……あ、あ、あっ！」

潤いも何もないそこに、張形が埋め込まれていく。

しかしそれは三分の一も入らないまま、そこに留まった。

「こんなものじゃなく……俺は……響が……欲しい……っ」

進がしゃくり上げる。

鏡の中では半端に張形をねじ込まれた蕾が、真っ赤に充血していた。

「ちゃんと道をつけておかないと、後が大変なんだ。我慢しろ」

響は進の萎えかけた陰茎に手を掛けると、その先端をゆるゆると愛撫し始める。

「あ………」

じわじわとした責めに、進の体が徐々に反応を返す。

しかしそれは、達するというものでなくむしろ。

「響……っ」

「なんだ」

「そこばっかり……したら……俺……」

「どうした。言ってみろよ」

「……また……漏らしてしまう……っ」

響の指の動きは、射精よりも尿意を刺激するものだった。一旦それを思ってしまったら最後、快楽どころではない。

「厠《かわや》には行かせない」

「だめ……布団を汚してしまう……っ……響……っ」

「そうしたら、また新しいのを買えばいい」

響は乾いた唇を舌で潤すと、先端になおも刺激を与えた。

「あ、あ……っ……響……本当に漏れてしまう……っ……」

「ほら、『出して』見ろ。ここには俺しかいないんだ。俺の前でなら、どんな格好もできるだろう？　進」

響は進の耳元に甘く囁き、進の陰茎をそっと掴む。

「ほら、ここで漏らせ」

「ん……っ……あ、ああ……だめ……響……鏡に……俺が映ってる……っ」

「ああ。足を広げたまま、だらしなく漏らしているお前の姿が映っているな。いやらしくて最高だ」

生温かな液体が布団に浸《し》みていく。

進は鏡の中で放尿《ほうにょう》している自分の姿を見て「ああ……」と切ない声を上げた。

響は空いている腕で進の頭を優しく抱き締めると、そっと呟いた。

「充分濡れたな、進」

そしてまだ収まりきっていない張形をずるりと、最奥まで押し込んだ。

進はもう抗わない。

「……っ！」

激痛に、進の喉が仰け反った。

だが響はお構いなしに、後孔に飲み込まれた張形をゆっくりと出し入れする。この程度の張形で痛がるならば、自分の陰茎をねじ込んだらどんなにか進は辛いだろう。響はそう思うと唇の歪みを止められない。

「あ……っ……んん……っ……そこ……いい……っ」

後ろをゆるゆると貫《つらぬ》かれ、進が声を上げ始めた。そして涙で潤んだ瞳で響をじっと見つめる。

「……なんだよ」

だが進は首を左右に振って何も答えない。ただじっと、縋るような瞳で響を見つめ続ける。

響は、心臓を鷲掴《わしづか》みされたような痛みを胸に感じた。

嬉しそうにまとわりついてくる進を殴った後に生《しょう》じていた痛みに、似ている。

殴られても蹴られても、どんな酷い言葉を浴びせようとも、泣くほど恥ずかしいことを強いても、進は響の傍から離れようとしなかった。

犬だから主人のもとを去らないのは当たり前だが、彼はこんなにも懐かれるとは思ってもいなかった。

響は「まさか……」と、その続きを考えるのをやめた。自分は主人、進は犬、そう思ってさえいればとりあえずは『平穏《へいおん》』な日々が過ごせるのだ。

彼は軽く頭を振ると、進を嬲るのに集中した。

「……気持ちがいいか」

響の指が体中を這いずり回っている。進はいやと答える術を持たない。

「んっ……あぁ……」

しとどに濡れた太股は深紅の桜を咲かせて、響の指を誘っていた。

「響」

「ほら。鏡のお前を見てみろ。こんなに硬くさせて、ヒクついてる」

「ん……桜が咲いて……とろとろに……濡れてる……」

「こっちも、こんな音させてる」

響は進を後ろ抱きにして、陰茎と後孔を同時に責めた。

進は内臓を擦られる感触に鳥肌《とりはだ》を立てながらも、陰茎の先端からとろりとした液体を滲ませ響を喜ばせる。

くちゅくちゅと卑猥《ひわい》な音を立てて前後を嬲られ、進は唇を動かし、声にならない声で囁いた。

「愛しい……」

歪んだ感情だと、分かっている。

忌まわしい言葉だと、知っている。

そして、響は自分のことを何とも思っていないと分かっている。

この思いは、自分が責め抜かれ死ぬまで抱いていかなければならないと、進には分かっていた。

『馬鹿だな』

言われた時はその意味を知らなかった。

けれど今ならば苦しい程によく分かる。

「ひびき……っ……ああ……両方いっぺんは……もうだめ……っ……俺ばかり……気持ちよくなっても……っ」

「俺はお前の身悶《みもだ》える姿が見たいんだ」

「んっ……、んん……っ……いや……だめ……っ……ああああっ！」

進は感極《かんきわ》まった声を上げると、鏡の中の自分に白濁とした液体を叩きつけた。

進は濡れそぼって異臭を放っている布団にぐったりと横たわっていた。

既に解かれている両手両足首は、サラシに擦られて少し赤くなっていた。

「進……？」

響が声を掛けても、進は返事一つ返せずに、荒い息を整えている。

「……お前がもっと賢《かしこ》ければよかったのに」

「……？」

進は瞳で問う。

「さっさと俺のもとから逃げ出していれば……こんなことにはならなかった」

そう言って、響は進の髪を優しく撫で回した。

進はいつも不思議に思う。

散々酷いことをしておきながら、事が済んでしまうと響はいつもよりずっと優しい仕種を見せる。

「響……？」

進は、気持ちよさそうに目を閉じる。

「お前は……なんて馬鹿なんだ」

響は進に覆い被さり、力任せに抱き締める。

拒絶《きょぜつ》されるのを覚悟で、進は響の背に回した腕に力を込めた。

だが響は、進の腕を拒絶したりしなかった。

「なぜ……？　響……」

それが嬉しくて、でも悲しくて、進は涙を零した。

進は、人にも犬にもなれない半端な生き物だと、自分を呪う。

「進。……泣くな」

響が呟いた。

お前のせいだと、進は言ってやりたかった。

でも口を開いて出るのは嗚咽だけだ。

「……泣くな。進、泣くな」

抱き締めた体は、夜、一つ布団で合わせる肌よりも熱い。

「どうすればいい？　どうすればお前は……泣き止むんだ。そんな泣き方をするな」

もっと優しくしてやればいいのか、それとも他の方法があるのか。

響の胸がまたキンと痛む。

進が泣きながら縋りついてくる。柔らかい髪がふわふわと、響の頬をくすぐった。

胸がまた、キンと痛む。さっきよりもずきずきする。

「この馬鹿……。お前を拾ってから……みんなおかしくなった。だが……」

進は響に、退屈を紛らわす以上のものを与えていた。

「一番おかしくなったのは……俺だ……っ」

いつもいつも進の関心を自分に向けるため、響は知らないうちに彼の望むものを与えていた。

需要と供給の危ういバランス。

「響……」

響は、進の甘い声に誘われるように、彼の唇に接吻をした。

今までないくらい、甘く優しい接吻をした。

ずっとずっと、二人は抱き締め合っていた。

君の肌はとてもやわらかい。
僕の指は、底無し沼にずぶずぶとぬかっていくように君に沈み込む。
君の唇はとても赤い。
まるで血を吸った蛭《ひる》のようにぬめぬめと光り、僕を誘う。
君の髪。
君の瞳。
君の爪《つめ》。
ああ、余すところがないくらい、君を愛している。
誰にも渡したくない。
誰にも渡さない。
すべて、すべて僕の物だ。
君の吐息も、君の笑顔も、君の仕種も。
すべて、すべて僕の物だ。
だから。
怖がらないで。
真っ暗な闇の中でも。

そのうちにとろとろと溶けてしまえば、何も考えなくて済むのだから。

君の体中を流れている、赤い液体をワインの代わりに。

ほら。

僕の体の中で綺麗に混ざり合う。

君は僕のすべて。

とろりとろけて僕とひとつになる。

僕の血に君の血が混ざり合い、とくんとくんと心臓を流れていく。

なんて僕は、幸せなんだろう。


桜の木が見事な花を咲かせていた。

頬を撫でる風も柔らかく心地好い。

「上野の桜はもっと凄いよ、進ちゃん。なんせあそこは肥やしが良いからねぇ」

「そうなの？　相良さん」

「あそこの桜は根っ子に死体を抱いているからね」

「……そ、そうなのか……」

「相良。あんまりこの子を怖がらせるようなこと言うなよ」

真剣な顔をして話を聞いている進の横で、立花がくすりと微笑んだ。

「…ところで、進ちゃん。先生はどうしたい？　相変わらず船漕《こ》いでるのかい？」

「響は仕事をしている。ここのところずっと、怖い顔して机に座ってる。俺は邪魔をしては悪いから……」

進は顔を上げて、濡れ縁から部屋の様子を窺った。

ふわりとした髪に桜の花びらがひらひらと舞い落ち、可愛い飾りを作っている。

「ふーん、俺にはそれだけだと思えないけどなぁ」

相良は意味深な笑みを浮かべると、進の髪を優しく撫でた。

「あんまり進に触ると響に怒られるぞ、相良」

「だってねぇ、立花。あの先生ったら素直じゃないんだもん。進ちゃんが大事なら、もちっとそれらしい扱いしてやればいいのに」

「俺は今のままがいい」

首輪を大事にさすりながら、進が呟く。

「ほんとに……お前って子は」

相良は渋い顔をして煙草に火をつけた。

春の突風が、進の着物の裾《すそ》を靡《なび》かせながら通り過ぎていく。

「そういえば、ここにも桜の花が咲いてたね」

立花が進の左太股を指さした。進は途端に真っ赤になる。

「そうさ。一際《ひときわ》綺麗なのがね」

自分の腕前を自慢《じまん》しながら、相良が唇の端をきゅっと上げた。

二人の大人にじぃっと見つめられ、進は自分が裸のままで立っているような羞恥に駆られる。

「響にしか……見せられないから」

「分かってるさ進ちゃん。そーでないとまたぶたれるんだろ？」

「そんな無理強いはしないよ、俺達は」

相良と立花は不思議な微笑みを浮かべる。進が何か言い返そうとした、その時。

みゆきが現れた。

「お前はまだいたのかい？　さっさといなくなっちまえばいいのにっ！」

彼女は血色のよくない顔で進を睨みつけた。立花や相良には見向きもしない。

「私はこれから先生と大事な話をするんだから、覗いたりするんじゃないよ」

進は唇を噛み締めて睨みつけるが、彼女は何処《どこ》吹く風でのろのろと縁台を越えていった。

「最近来ないと思ってほっとしてたら、ああだもんなぁ。いやぁ年増の狂い咲きってのはみっともないねぇ」

「でもさ、相良。あの女、なんか……ちょっと太ったんじゃない？　動きが緩慢《かんまん》」

「妙な病気にでもかかってんじゃないの？　金を持ってる後家さんだから好き放題してるってもっぱらの噂だよ」

「ふうん。まったくどこでそういう情報を仕入れてくるのか、このやくざは」

「あら、言うねぇ立花さん。お前さんだってそうとうやくざなくせに。ここいらのシマはお前が裏で締めてんだろ？」

「進の前でそういう話はなしだよ、相良」

「はいはい。ごめんね、進ちゃん」

進は二人に突然話を振られて、どきりとする。

「申し訳ない。俺は何も聞いてなかった」

目を真ん丸にして慌てる進に、相良と立花は顔を見合わせ、ぷっと吹き出す。

「進は、響が好きかい？」

立花は彼の髪についた桜の花びらを取り除きながら、優しい口調で問う。

進はこくりと、はっきり頷いた。

「ここに住まってると心を病むからねぇ。どうしようもないよ」

「『心を病む』……？」

進が問い返す。

「こればっかりはね、どんな医者でも治せない病気さ。生きてはいるんだけど……心だけが『彼岸《ひがん》』を渡っちまうことさ」

「心だけが？　体を離れてしまうのか？　そんなことになったら……死んでしまう……」

真面目な進の言葉に、立花は低く笑って「死にはしないけどね」と付け足す。

「ここがいかれちまうのさ」

相良の後を立花が続けた。彼は進の前で頭を指さす。

きょとんとしている進の前で、二人の大人が笑った。

乾《かわ》いた笑いだった。

だいぶ常識を頭に詰め込んだ進も、つられて笑う。

「意味」は「分かって」いる。

「ある意味じゃ、ここの連中はみんな狂人《きょうじん》だ」

立花も相良から貰い煙草をして、煙をくゆらせた。

「そうなったら、『心』が『彼岸』を渡ってしまったら、俺は響のことが分からなくなるのか？　愛しい気持ちも……分からなくなるのか？　それはいやだ……」

進は不安気な顔で立ちつくす。

「そうなったら、きっと響は俺をここに置いてくれない」

だが立花は言い切った。

「そうだね。なんにも分からなくなるんだろうな。俺は精神科の医者じゃないけど、戦争中はそうなってしまった奴らを沢山見てきたよ」

「俺は……響が愛しいということは、忘れたくない」

「だって進ちゃん。『ここ』が『死んで』しまうんだぜ？」

相良は銜え煙草のまま、両手で自分の胸を大げさに押さえつけた。

進はしばらく何か考えていたが、濡れ縁に座り直すと相良の顔を覗き込み言った。

「俺がもし本当にそうなってしまったら、どうか殺してくれ」

そして幸福そうに微笑む。

瞬間、ぎくりとする二人。

「響が好きだっていう気持ちをなくしてしまうくらいなら、俺は死んだ方がましだ」

「……進ちゃん？」

「響が俺のことを好きでなくてもいい。俺が響を分からなくなるのが嫌なんだ。だから、そうなっちゃったら、俺を殺してくれ。響には頼めない……」

進は、立花と相良は約束をしたら絶対にやり遂《と》げてくれると信じて、「お願いです」と両手を合わせた。

彼らはしばし見つめ合い、低く唸り、そして頷く。

「……分かったよ。約束する」

「ありがとう」

進は微笑みを浮かべて、ぺこりと頭を下げた。

「馬鹿だ。あの子は。どうしたらあんなに人を想えるんだろ」

「響のせいだよ。何もかも。あいつが進をそういうふうにしちまったんだ」

相良の呟きに立花が返した。

進に、母屋に菓子を取りに行くよう言いつけて、二人は行くあてのない感情を晒し合う。

「ああは言ったけど、俺は進ちゃんを殺したくないよ、立花」

「俺は逆だ。今すぐにでも殺してやりたい。この先も進はきっととても辛い思いをする。だったらここで時を止めてやった方がいい」

「作家先生が怒るよ」

「そしたら響も殺してやるさ。二人仲良くね。そうすりゃ問題はない」

どこをどうしたら苦しまずに殺せるか、重々承知《じゅうじゅうしょうち》している。

そして立花は、戦争の夢と一緒に進と響の夢も見るようになるのだ。

何も言わずにずっと自分を見つめている血まみれの兵隊の中に、着物を着た青年が二人混じる。

そして立花は目を覚ますまで、ずっと彼らに謝り続けるのだ。

「それでいいのかねぇ」

相良はため息混じりに呟いた。

「わからない。だが、俺達の歪みを治せるのは多分、進しかいないだろうよ」

「『犬』なのに？」

「『犬』だからこそ、さ。俺も誰かにあんなふうに想いを寄せて貰いたいよ」

「立花、そりゃ無理無理」

「お前さんもだろ？　相良。……だからたまに響のこと、殺したいくらい妬《ねた》ましくなるよ」

「んなことやっちまったら、進ちゃんが泣くよ？」

「そう。だからこうやって指を銜えて見てるだけ」

立花は煙草を地面に投げ捨てると、足でもって踏みにじった。

「首輪をつけて繋がれているのは、実は俺達の方だったんだなぁ」

相良が微笑んだ。

「ああ……まったくだ」

立花も笑った。それは酷く病んだ笑顔だった。


響は机の上に突っ伏していた。

突然のみゆきの出現で、原稿を書く気も失せてしまったらしい。

彼女は言いたいことをさっさと言うと「先生、私は諦めませんからねっ！」と捨て台詞を残し去っていった。

「みんな死ねばいいんだ」

彼はそう呟くと目を閉じた。面倒な事は考えたくないという響の自己防御だ。

「響……？」

だから後ろから進がやってきていても、返事もしない。

「響、寝たのか？　そのままじゃ風邪《かぜ》を引く」

彼が寝ているものとばかり思っている進は、脱ぎ散らかしてあるはんてんをそっと、彼の肩にかけた。

「……響」

進の掠れた声が耳元に響く。少しこそばゆい。

「とても愛しい。犬として……ではなく……愛しい。どうか俺の夢を見て……」

小さな、本当に小さな声で進が囁いた。寝ているんだから聞かれたりしないと、たかをくくっていたのだ。

目をつむったままでも、響には進の顔が手に取るように分かった。

頬を真っ赤に染めて、それでも柔らかく微笑んでいるのだろう。

響は幼い頃を思い出した。

彼の母親は妾とはいえ、大層贅沢な暮らしをさせて貰っていた。

暇さえあれば自分の『旦那』を口汚く罵《ののし》っていた癖に、金目の物を持ってくるときだけは甘えるような仕種を見せる母親を、幼いながらも哀れに思っていた。

けれど響は、この母が好きだった。守ってやりたかった。

『響だけが大事よ。私の宝物だわ』

それが母の口癖だった。

本妻《ほんさい》とその子供達が冷たい態度でも、母さえいればそれで良かった。

『響が大好きよ。お前さえいてくれれば…何もいらないわ』

その言葉に満足していた。

それだけで満足出来るくらい、響は幼かった。

けれど、彼は知ってしまった。

保養所《ほようじょ》にしていた鎌倉のホテルの息子が、自分を弟のように可愛がる。その息子に連れられて、響は彼の父親と会った。

『本当に大事なのは…俺なんかじゃなかったんだな』

ホテルの息子の父親は、響と良く似ていた。

その父親と自分の母親がとても好き合っていたこと。

その男を忘れられずに母親は自分を身籠ったこと。

ご丁寧に息子の方が、聞きもしないのにべらべらと喋りまくった。

憎らしかった。

自分だけが母の世界の住人だと思っていたのに。

『この女』は自分を通して一度契《ちぎ》った男を愛している。

きっと今までも、そしてこれからも。

借金を抱えてどうにもならないところに湧いて出た身請《みう》けの話。

きっと本当なら自分はここのホテルの息子でいたのかもしれない。けれど今の響には、ぶくぶくと太って見栄と虚勢《きょせい》の中でだけでしか生きられない人間を『父』と呼ばなければならない。

だから、母を憎んだ。

大事に大事に育ててくれた分だけ、愛してくれた分だけ、響は母を憎んだ。

『あんたは俺が大事じゃないんだ』

響の言葉に母は半狂乱《はんきょうらん》になった。家を出ていこうとした響を必死になって止めた。

『私の傍から離れないでっ！　響の良いように…おかあさん…何でもするからっ！』

思えばこの母は、ずいぶん前から心を病んでいたのかも知れない。

『俺は……あんたが……好きだった』

自分の足に縋り付き泣き叫ぶ母を見つめ、響は呟いた。

そして惨事《さんじ》は起きた。

彼は行き場のない憎悪《ぞうお》を母にぶつけた。

自分を通して違う男を見つめている母親の目が許せなかった。

だから抉《えぐ》った。

自分と違う名を呼ぶ母親の唇が許せなかった。

だから裂《さ》いた。

この指が違う男に触れたかと思うと許せなかった。

だから、一本一本引き千切った。

綺麗な死に顔なんて誰にも見せてやらない。そう思った響は、タンスの一番上の引き出しから鋏《はさみ》を取り出した。

そして、泣き叫ぶ自分の母の体を信じられないような力でもって押さえつけ、めった突きにした。

血が滴り肉が飛び散っても、その体が人間の形をとどめている間は鋏を振り下ろす手を決して休めなかった。響は母の体を引き裂きながら泣いていた。

母は自分を愛しているのでなく、自分という器の中に見え隠れする違う人間だけを愛していたと知ってしまったので。

響は泣きながら母の体を鋏で抉り続けた。

彼はまだ少年だった。


「響？　やっぱ寝るなら布団の方がいい。いくら暖かくても……」

進の指が、響の漆黒の髪をさらさらと撫でる。

「起きて」

叩かれるのを覚悟して、進は響の体を揺すった。

響がゆっくりと目を開けると、目の前には進。

「起きた？　布団を敷いたから布団で寝てくれ」

「……進」

響は体を起こすと、進の首輪をすっと引っ張って、接吻するくらい近づかせた。

「な、なんだ？　響」

「お前は、俺が好きなのか？」

形の良い唇がそう動いた途端、進の体が強ばった。

墓場に入るまで心に留めて置こうと思っていた想いを、響が口にする。

「お前は本当に、俺が好きなのか？　犬が主を慕うのとは別に？　お前は人として、俺のことを愛しいと？　それは本気なのか？」

「響」

「進、答えろ」

「俺……は……」

言ってしまったら、立花の言う通りになってしまうかも知れない。

邪魔だからと殺されて、裏山に捨てられてしまうかもしれない。

「響が……愛しい……とても……」

「お前は犬だ」

「分かっている……この思いは俺だけのものだ。拾われた犬のはずだったのに……人として響を愛しいと思った。……本気だ。だから……何をされてもいい」

進は響に拾われてからこのかた、ずっと心の奥にしまっておいた感情を晒け出した。

気持ちが高ぶって目が潤む。

「俺が何とも思ってなくてもいいのか？」

響は感情の読めない顔のまま、もっと進を自分に近づけた。

「平気。犬として傍に置いてくれれば……それで俺は幸せだ」

「俺がお前殺そうとしてもか？」

「うん。響にだったら、殺されてもいい」

「ばかやろう」

響の胸がじくりと痛んだ。

その痛さは今までとは比べものにならないくらい、彼を苛《さいな》む。

ずきずきと心臓を刺す痛みがどこから来るものなのか、響は知っていた。

知っていたのに、見て見ぬ振りをしていた。

「響が愛しい……とても……愛しい」

進ならば、響の犯した大罪《たいざい》を包み込むことができるかもしれない。

響とこの小さな離れだけが、進の世界。そしてそれは、響の世界でもある。

「進」

響は感情を抑え切れずに、進をきつく抱き締めた。

「お前はずっと俺を好きでいろ」

「うん」

進も響の背に腕を回す。

「俺だけを愛しく思え」

「うん」

「他の奴を見たら殺す」

「うん」

響は進の首に手を回し、首輪の止め具を外した。

「響……？」

「『今』からお前は『犬』じゃない」

しゃらんと音を立てて、首輪が滑り落ちる。

「そしたら俺はここにいられない……」

「馬鹿。犬じゃなくなっても、お前は俺のものだ」

進が笑った。

響が今まで見たことのない、本当に嬉しそうな笑顔だった。

ゆっくりと、響と進の唇が重なる。

それはただ合わせるだけのものだったが、酷く甘かった。

「男を抱いたことはないから、ちょっと勝手が違うな」

真面目な顔でとんちんかんな事を言う響に、進は思わず吹き出した。

不器用な優しさが嬉しくて、笑いが止まらない。

「笑うな。馬鹿」

「だ…だって響、似合わない……」

進は響のシャツの胸倉《むなぐら》に自分の頭を擦り寄せ、甘える。

「いつもの響がいい。響だったら、俺に何してもいいんだ」

切なげな声が少しだけ震えてる。

いつもと同じはずなのに、響は進のことが大層愛しくなった。

「お前は俺がどんなに悪人でも、好きでいるか？」

「俺にはそんなの関係ない。人殺しでも何でも、響は響だ。俺は響が愛しい」

進が言い切る。

ああ。もうだめだ。

響は進の髪に自分の顔を埋めながら、そう思った。

囚われた。

この、何も持っていない身一つの『犬』に囚われた。

きっと俺の首には、自分しか見えない綺麗な首輪がはまっているのであろう。

響はそう思うと笑わずにいられなかった。

初めて進に出会ったとき、既に響の首には見えない首輪がはめられたのだ。

囚われた。

あの時から。

響と進は、互いの首輪を引き合う運命だったのだ。

「進」

響は唇の端を少しだけ上げると、再び進の唇に自分のそれを押しつけた。

その時。

二人は互いに夢中で、開け放たれた雨戸の奥から覗き込んでいる憎悪の瞳に気づかなかった。

みゆきが自分の腹をゆっくりと摩《さす》りながら、いつまでも接吻を交わす二人をじいっと見つめていたのだ。

夕食を届けに来た立花は、二人の雰囲気の変わりように驚愕《きょうがく》した。

それに、進の首には首輪が付けられていない。

「彼岸を渡る気なんだな？　お前らは」

「何をわけのわからないこと言ってる」

響は進の膝枕で気持ちよさそうに寝そべりながら、悪態をついた。

「このままでいいはずなんてないんだぞ？　分かってるんだろうな？　響」

「立花さん。俺達は大丈夫だ。心配してくれてありがとう」

「進」

「俺、響に愛しいと言っても殺されたりしてない。だから大丈夫」

進の言動に、響が反応した。

「立花。これ以上こいつに変なこと吹き込むな。それと」

「なんだい？」

「こいつはお前にくれてやらない。絶対に飽きない。こいつは一生俺のものだ」

「相良もそう言ってた。薄々分かってはいたけどね。進がここにいてくれる限り、俺達は何も手出ししないさ。桐生先生」

「手出しできない、だろ。ここにいる奴らはみんな『同類』だからな」

響は退屈そうに言うと、進の太股に自分の頭を擦り付けた。

立花はうっすらと笑う。

背筋の凍《こお》りつくような、冷酷《れいこく》な嘲笑いだった。

それでも進は黙ったまま、響の髪を優しく撫でている。


「ひ、響」

服を脱がされていきなり布団に押し倒された進は、焦って小さな悲鳴を上げる。

「なんだ」

「だって、響が裸になってる」

「馬鹿。やるときは服ぐらい脱ぐ」

「だって。今まで脱いだことないじゃないか」

「『今』からは、お前を抱くたびに脱ぐ」

進は真っ赤になって顔を背けた。

嬲られ、弄ばれるのは慣れている。

けれどこんなふうに、相手も裸になるのは初めてである。

「『本当』に抱く時は、二人とも服を脱ぐ」

「な……なんか……恥ずかしいな……」

「進。俺が裸になってどうしてお前が恥ずかしいんだ」

「わからない。けれど、変な感じ……」

「大丈夫だ。すぐ気持ち良くなる」

「ん」

煌々《こうこう》と照らす電気の下で、進は響に体を開いた。

多分、もう、無理矢理に快楽を引き摺り出されるようなことはないだろう。響は進の顔に接吻の雨を降らせながら、緊張《きんちょう》している体を解《ほぐ》していく。

気まぐれに見せる優しさでなく。

激情に捕らわれるわけでなく。

本当に愛しいのだと、響は進の体に教え込んでいった。

響の指が、進の喉元から胸までをゆっくりとまさぐる。そのたびに彼は恥ずかしそうに頭を振った。

「ふ……っ！」

胸の突起をやんわりと噛まれ、進が息を吐く。

響の唇が、舌が、羞恥と快楽に身を捩《よじ》る進の体に絡みついていった。

進は、自分の股の間に潜《もぐ》り込んでいる響の体を自分の足できゅっと締める。両手の指は彼の黒い髪を意味もなく梳いている。

「響……そんなに優しく……しないで……っ……触られただけで気をやってしまう……」

甘い息の間に、進は愛しい者の名を呼ぶ。響は舌でそれに応えた。

あどけない進の瞳。

健気《けなげ》な進の仕種。

響は進の全身を指で辿り、その想いをゆっくりと消化して、自分の体に染み込ませる。

愛しさと独占欲がねっとりと混ざり合い、響の心の奥底に滴り落ちた。

「ん……っ……ああ……っ……」

進が身を強ばらせて、快楽の吐息を漏らす。

「絶対に離さない。もし、俺から逃げたりしたら、そのときは……」

「……そのときは……？」

「殺してやる」

響の囁きに、進は嬉しそうに目を細めた。

「進」

ずるりと、響の頭が進の下肢に滑った。

「な…に…？　響？」

「静かに…」

響の指が進の陰茎を握りしめる。そして口に含んだ。

「あっ！　……だめ…っ！　そんなとこ……っ！」

激しい羞恥に腰を捩って抵抗しようとした進だったが、響がちゅっと吸い上げたのでへなへなと力が抜けてしまう。

自分がいつもしていた奉仕であったが、進はそれをされるのは初めてだった。

響の形の良い唇が、進の雄を銜え込む。舌を尖らせ先端から根元までを舐め上げた。

「だめだ……響……っ……そんなことは……だめ……っ……やめてくれ……っ」

ついさっきまでは自分は犬だったのだ。犬が主人に奉仕するのは当たり前だが、逆はまずあり得ない。

進は上体を起こすと、自分の股の間に顔を埋めて動いている男を見つめた。
響は長い睫《まつげ》を伏せながら、くちゅくちゅと音を立てて進の陰茎に舌を這わせている。
途端に、進の体の奥に快楽の波が押し寄せた。
自分は響の前で足を大きく広げて、陰茎を舐めて貰っている。
なんて恥ずかしい格好をしているのだろう。
なんて恥ずかしい行為をしているのだろう。
その想いが進の自虐心《じぎゃくしん》を激しく煽った。
「ああっ！　響……っ……響……っ……気持ちいい……っ」
進は足の指までをぴくぴくと引きつらせ、響の髪を握り締める。
響は進への奉仕に夢中になった。
ほんの些細《ささい》な愛撫でさえも、全身で応える進が愛しい。
もっと声を出せ、よがって見せろと、響はそう思いながら進を愛撫した。
「あ……っ……ああ……っ」
響は進の膝の後ろに手をかけると、ぐいと肩に付くくらい押し曲げる。
明かりのもと、ほんのり赤く色づいた後孔が露わになった。
「…………ッ！」

中途半端に放り出されたまま、進が息を呑む。

響はいきり立った彼の陰茎には目もくれず、太股に咲いている桜の花に唇を落とした。

彫りを入れられた時の苦痛と、桜を散らすような乱暴な響の愛撫が進の脳裏《のうり》に蘇《よみがえ》る。

「綺麗な桜が咲いてる」

響が呟いた。そして満足そうに舌で絵柄をなぞっていく。

進はもう、自分がどんな声を上げているのか分かっていない。響のなすがままだった。

こんなにも大事に大事に愛撫されたことなどなかった。

響の舌が進の蕾にやっとたどり着く。

震えながら甘く色づいている蕾を、響の舌が優しくこじ開けようとする。

「響っ……！　も……だめ……そこ……だめ……っ」

額に汗を浮かべながら進が腕を伸ばした。だがそれは彼の頭に届く前に止まる。進は濡れそぼった自分の陰茎をゆるゆると刺激し始めた。片手で陰茎を握りしめ、片手で膨れ上がった陰嚢を揉みしだく。

少年が初めて自慰をするようなたどたどしさに、響の胸は高まった。

「我慢……できない……っ……もう……お願い……響……お願いだ……」

「……進」

響がふわりと笑った。

「もっといいものを…くれてやる」

彼は進の前に、自分の怒張した陰茎を差し出す。

すると進は自慰をやめ、誘われるように響の陰茎を唇に含んだ。

いつもの行為。

いつもの仕種。

しかしそれは犬と呼ばれていた頃よりも、数倍も愛しい。

飢《う》えた子供が食事をするように、夢中で陰茎に奉仕を続ける進に、響の声がかかる。

「もういい」

不満気な進の頬にちゅっと接吻すると、響は彼の体をくるりとうつ伏せにした。そして腰だけを持ち上げる。

「痛い？」

「大丈夫、最初だけだ」

「ん。俺、我慢する」

今、進の中に入ってこようとしているのは、自慰用の張形でなく、響の雄。

大きさからしてまったく比べものにならない。

「力……抜いてろ」

響は進の尻を軽く叩くと、手で雄を支えながら赤く色づいている蕾に押し入った。

「あ……っ、あ、あ、……っ」

めりめりと引き裂かれるような激痛。後孔は最大限に広げられ、響の陰茎を迎え入れようと努力する。

「ぐ……」

進は枕に顔を押しつけ、シーツを掴んだ指を白くなるほど強ばらせている。

だが響は逃げようとする腰を両手で押さえ、一気に貫いた。

「あ、ああ……っ……」

進の口から、低い悲鳴が漏れた。

ぴったりと繋がった場所がぬるぬると濡れていた。それは進の太股を伝わり、ぽたぽたとシーツに染み込んでいく。

あたり一面、鉄臭い匂いでいっぱいになった。

強引な挿入《そうにゅう》で、進の後孔は傷を負《お》ってしまった。

「う……っ…」

激痛に進の陰茎は萎えてしまっている。

響は、肩を震わせながら泣いている進のこめかみに接吻した。

「やめないでくれ……響……続けて……お願いだ」

「いいのか……」

「俺は……響と一つになりたい。誰にも渡したくない。ずっとずっと、俺の傍にいて欲しい。だから……続けて」

「分かった」

響は進の耳をやんわりと噛み、ホクロ一つない艶やかな背中に唇を落とした。

「ただ……この格好のままはいやだ。響が見えない。怖い」

「この方が、お前が楽なんだぞ」

「響の顔が見たい」

なんと可愛らしい事を言うのだろう。

「進」

響が笑った。嬉しくて、進が愛しくてたまらない。

愛しい存在がこんなに傍にいたのに、どうして自分は気づかなかったのかと、改《あら》めて叱咤する。

響は繋がったまま、進の体をできるだけそっとひっくり返した。

「うあっ！」

それでも肉壁を擦られて、進が悲鳴を上げる。

「……悪かった」

「大丈夫……っ」

大丈夫なわけがない。

目に溜まり切らなかった涙がぼろぼろと頬に零れ落ちていく。

「響の顔が、よく見える」

「可愛いこと言ってんじゃない」

響は微笑んで、進の唇をそっと奪った。

こんなにも穏やかな交《まじ》わりは初めてだと、響は思っていた。

自分がこんなにも人に優しく出来るなどとは考えてもみなかったのだ。

進が切なげな声を上げて抱きついてくる。

響の腰が次第《しだい》に激しく進を追い詰める。

「響……っ……気持ちがいい……っ……俺……こんなの初めてだ……っ」

「つっ」

響は背中にちりりとした痛みを感じた。進がたまらずに彼の背に爪を立てたのだ。

その瞬間、響は傷痕を立花と相良に見せることに決めた。
「あ、あ、あ……っ……だめ……っ……こんなの……っ……頭がおかしくなる……っ」
血塗られた結合部が淫猥《いんわい》な音を立てて二人の劣情をひたすら煽った。
「俺もだ……っ」
こんな気持ちは、初めて。
堕落したはずの心に一筋《ひとすじ》の光がそっと差し込んだ。
幼い独占欲。
あどけない瞳。
互いに手を伸ばして抱き合う。
加虐と自虐。
磁石《じしゃく》のプラスとマイナスが引き合うように出会った二人。
彼らは何度も何度も、互いの昂《たかぶ》りをぶつけ合った。

しばらくはそのまま。

何も起こりはしなかった。

退屈ではない、平穏な日々が続いている。

進の首輪は首から手首へと移った。

銀細工《ぎんざいく》がしゃらんしゃらんと音を立てながら、彼の右手首を飾っている。

響が、進の手首に合うように自分で細工したものだ。


響は進の着物の裾をはだけさせて、下着をつけていない下肢をやんわりと揉み上げる。

彼は、一時《いっとき》も進を手放さなかった。そして所構わず愛撫をくわえる。

昼も夜も関係ない。

何度抱いても進は違った顔を見せ続けた。

「んっ……あん……っ」

進も抗わず自ら進んで足を開く。

「進」

ぞくぞくするような低い声に鼓膜《こまく》を犯されて、進は自分の陰茎を勃起させた。

とうの昔に自堕落になってしまったのだ。今更《いまさら》何も恐れることはない。

それに今は二人なのだ。

二人一緒であれば、どこまでも行くことができる。

たとえ彼岸の果てまでも。

「響、いいかい？」

とろりとした甘い時間を切り裂く声。

障子の向こうから立花が声をかけて寄越す。

「何だ。立花」

「夜の定期連絡が来たよ。さっさと電話口に出てくれ。うるさくてしょうがない」

響は最近また原稿の遅れが目立っている。

出版社からの電話をすっぽかしたら、これからの仕事に差し障りが出る。

「しかたない。今行く」

彼は障子に呟いた。進が半端に熱くなった体を抱えて、不安そうに響を見つめていた。

「すぐ戻る。……待ってろ」

「ん」

そして響は、進の頬にそっと接吻をする。

進は唇を指で辿りながら、響の愛撫を思い出す。

優しくて激しくて、限り無く甘い指先。唇。

響が好き過ぎて、進はどうしていいのか分からない。彼が求めるままにいつでも体を開いて、自分がどれだけ感じているかを伝えたい。

「響」

進は手首の飾りに接吻する。

彼は、「愛しい」を手に入れてから貪欲《どんよく》になっていった。もっともっと「愛しい」を知りたい。響に教えて欲しい。

体が溶けていくくらいの「愛しい気持ち」を教えて欲しかった。

未だ進の世界は、響とこの小さな離れだけだった。

「響」

もう一度進が呟いたとき、かたんと障子が開けられた。

「早かったな響」

進が振り向いたところに立っていたのは、響ではなかった。

「私で悪かったねぇ。……進？」

みゆきが、異様に張り出した腹を撫でながら立っていた。所々薄汚れた浴衣をだらしなく着込み、長い髪は纏めずにばさばさのまま。目の下に隈《くま》を作り唇だけで微笑んでいる姿は狂女《きょうじょ》のようだ。

「な……なんだ？　ここに何しに来た……？」

「私ゃ、お前と話をしに来たのさ。やっと一人になったね。……随分《ずいぶん》と待ったよ」

両手を後ろに隠して、女がにやにやと笑う。

みゆきはこのところ、とんと姿を見せなかった。

進は、響とこの女の間で取り交わされた会話を知らなかった。

『もうここには絶対に来るな。他の女にも言っとけ』

『どういうことだい？　先生。……そりゃないよ。こんなにも先生を好いているのに』

『邪魔だ。お前はもういらない。さっさと出ていけ』

『あ……あの子のせいだね？　あの進とか言う子の……』

『だったらどうなんだ？』

『私、見たのよ、先生っ！　先生とあの子が接吻してるのをっ！　汚らしいっ！　衆道《しゅどう》だなんて……っ！』

『だから……？』

『言い振りまいてやるわっ！　そうなったら困るでしょう？　先生は有名な作家だから醜《しゅう》

聞《ぶん》は困るでしょう？　だ、黙っていてあげるから』

『捨てないでくれ、か？　馬鹿馬鹿しい。俺はそんなの構わない』

『先生のことが好きなのよっ！　誰にも渡したくないのっ！　そりゃ私は先生よりも年上だけど……、でも主人が家と財産を遺してくれたから、先生に不自由な暮らしはさせたりしないわっ！』

『……言いたいことはそれだけか？　目障《めざわ》りだからさっさと出ていけ』

『そんな酷いわ。私のお腹の中には……』

みゆきが進にずいと寄る。

「いいことを教えてあげましょうか？『ぼうや』」

「なんだ……」

進は女の張り出た腹を恐る恐る見つめながら、一歩下がった。

「このお腹を見てごらん……」

「……大きな腹だ。病気？」

「あっはっはっはっ！　お前は頭が弱いのかい？　病気な訳ないだろう。赤ちゃんだよ、赤ちゃん」

みゆきは左手で愛しそうに腹を撫で回す。

赤子は知っているし、妊婦《にんぷ》も見たことがある。

だが、みな幸せそうで、みゆきのように禍々《まがまが》しい気を放ってはいなかった。

目の前にいるのは人ではない。進はそう思った。

彼にとって、目の前にいる女は人間以外の異形の生き物にしか見えなかった。

「この中にねぇ……私と桐生先生の……赤ん坊が入っているの」

「赤ん坊が……？」

「そうよ。『私』と『桐生先生』のこ、ど、も」

みゆきが笑いながらまた一歩進に近づく。

大きく張り出した腹を見せつけながら。

「違う……っ……母親になる人は……もっと幸せそうな顔をしているはずだ。清潔《せいけつ》な着物を着て、一人では出歩かない。みんなに祝福《しゅくふく》されて……それで……」

「黙れっ！　黙れ黙れっ！」

みゆきは鬼の形相《ぎょうそう》で怒鳴った。

「私達…一緒になるの。結婚するのよ。だからお前が邪魔なの。お前がいなければ、私は祝福されるの。とてもおめでたいことなの」

そんな言葉はもちろん嘘だ。

みゆきはデマカセを言って進を陥《おとしい》れようとしている。

「お前がいると、私の幸せはすべておじゃんになってしまうのよ。だからここから出て行きなさい。桐生先生の子供のために、出て行きなさい」

「俺は……ここを出ないって、響と約束した……」

「私が、お前がここにいるのが嫌なんだよっ！」

みゆきは叫ぶと、進の着物の襟を掴み上げる。

進の上半身がはだけて、胸元が露わになった。

響の唇が余すところなく触れ、朱色の刻印《こくいん》の落ちた胸が。

「あの人が触れた跡かい？　こんなにいっぱい……」

自分は一度もつけて貰ったことのない刻印に、みゆきは唇を噛み締めた。

「こんなもの……っ」

みゆきは進の胸に爪を立てて引っ掻いた。

「なにをするっ！」

吐き気がするほどの気持ち悪さに、進は力任せにみゆきを突き飛ばす。

大きな腹を抱えたまま、みゆきが転がっていく。

「なにすんのよっ！　先生の子供が『この中』に『入って』いるんだよっ！　あの人の『分

身』が『ここ』にいるのよっ！」

　みゆきは目尻に涙を浮かべながら、進の足をぐいと掴んだ。

「離せっ！」

「離すもんかっ！　お前がここを出て行かないって言うなら」

　彼女は自分の背後に右手を回し、何かを握りしめた。

「この子のためにも……お前を殺してやるっ！」

　本当は自分のために。

　みゆきは髪を振り乱しながら、進に向かって包丁《ほうちょう》を振りかざした。

「お前さえ現れなきゃ先生はずっと私を構っていてくれたんだっ！　お前が現れたからっ！　この子だって幸せになれないっ！」

　降り下ろされた包丁を辛《かろ》うじてかわしながら、進は逃げ道を探す。

「響はあんたなんか好きじゃないっ！」

　みゆきは包丁を持ったままよろめき、腹を庇って顔を床に打ち付けた。

「じゃあお前はこの子を殺すのかい？　……生まれたらきっと先生そっくりの綺麗な子になるだろうに。……先生と同じくらい綺麗な」

　鼻血で顔を汚く染めながらみゆきが嘲笑う。手には包丁を握ったまま。

「響は二人もいらない。それは響じゃない」

「いいえ、先生だよ。……このお腹に入っているのは、従順で大人しくて優しい……私の言うことだけを聞いてくれる『先生』が入っているのさ」

みゆきの瞳が空を漂う。もう現実を見つめてはいない。

決して振り向いてはくれない男の子供を身籠って、それを身代わりにしている。

哀れで醜い一人の狂女が、大事に包丁を持ちながら顔を血で染めて進に向かう。

「この中に……先生がいるのよ。私の大事な大事な先生が……」

「違うっ！　違う、違う、違うっ！　そんなところに人間が入れるわけがないっ！」

だから。

この女は、人間ではないのだ。

進はそう解釈《かいしゃく》した。

この女は化け物で、腹の中にいるのは子供ではない。

憎悪と恨みで腹が膨らんでしまったのだと、響はそう思った。

「なんでここなんかに来たんだよっ！　お前なんか野垂れ死にしときゃよかったんだっ！」

狂女が包丁を振る。進が狂女の包丁を持った手を掴む。

進の方が背もあるし本来ならば力も強い。なのにみゆきは信じられないような力を発揮して彼と揉み合った。

「離せっ！　お前なんかに私の気持ちがわかるかっ！」

みゆきの顔はもう、涙と鼻血でぐちゃぐちゃになっている。唾《つば》をまき散らしながら進を呪う言葉を叫び続けた。

「人の気持ちなんて……そう簡単に分かるか……っ」

進も髪を振り乱し、みゆきの手から包丁を取り除こうともがいた。

もがいて、互いにもがき合って、二人は畳の上に転がった。

その拍子に。

みゆきの膨れ上がった腹に、包丁がめり込む。

「私の子供がっ！」

生温かい液体を巻き散らかしながら狂女が悲鳴を上げた。包丁は柄の部分を残し、すべて腹の中に収まっている。

「助けてっ！　助けて、助けて――――っ！」

我を忘れて必死になって包丁を抜こうとしたみゆきに、進が覆い被さる。

進は彼女の手を払いのけると、包丁の柄をぐっと握りしめる。

「この中にはあんたの大好きな先生が『入って』いるのよっ！　早く助けてっ！　死んで

しまうわっ！　早くっ！　この子を助けてっ！　私を助けてっ！」

そこに入っているのは子供ではない。

幾重《いくえ》にも凝《こ》り固まった恨《うら》み辛《つら》みの肉塊だ。

ならば、進のすることは一つしかない。

すべては響のために。

「響に迷惑をかける人間は……この世にはいらないんだ」

そして進は、泣き喚《わめ》いているみゆきに手を伸ばした。


「進。遅くなって悪かったな」

響は障子を開け、部屋に入ってきた。

鉄臭く、生臭い。そして、一面は血の海。

その真ん中で、進が笑っている。

「上機嫌だね。まだちょっと早いけど葡萄《ぶどう》を持ってきてあげたよ。みんなで食べよう」

立花の声もする。

進はまだ笑っている。

「楽しそうだねぇ、進ちゃん。どーしたのかなぁ？」

相良が怪訝そうな声を出して、響の後ろから顔を覗かせた。

血と肉塊の中心で、進が包丁を握り締めたまま笑っている。

「進……っ」

響は禍々しい部屋に入り込むと、笑っている進の前に座り込んだ。

「響、もう大丈夫。俺が、お前に迷惑をかける女を退治《たいじ》してやった」

進は大きな出刃《でば》包丁を両手で握り締め、響に微笑んだ。

包丁は所々てらてらと油で光って、血糊《ちのり》を弾《はじ》いていた。

「そうか」

「俺がこの屋敷から出て行かないなら……俺を殺すと言った。でも俺はずっと響の傍にいたいから、だから……こうするしかなかったんだ」

「お前を殺そうと？　怪我は？　進」

そこで初めて、響の目が険《けわ》しくなった。

「怪我はしてない。俺は平気だ。……響が、酷い目に遭わなくてよかった」

進は微笑んだまま、響に包丁を手渡す。

「お前が無事でよかった」

そう言ったきり響は黙った。立花や相良は感心したように惨劇《さんげき》の現場を見つめている。

煌々とした電気のもと、進は次第に響の沈黙に不安になった。

もしかしたら自分はとんでもないことをしてしまったのだろうか、響は怒るのだろうかと、次第に頭を垂れ唇を噛み締める。

「怖かったな」

だが響は怒りはしなかった。愛しそうに進の頬を撫でると、唇の端を歪めて問う。

「大丈夫……」

「風呂に入らないとな。すっかり汚れてしまった」

「響……俺はどうなるんだ？　あの女の腹の中には、恨み辛みの肉しか入っていなかった。それでも俺は……人殺しになってしまうのか？」

「なんで？」

「だって……俺は……」

「進。お前は俺のためにしたんだろ…？　人殺しのわけがあるか」

響の微笑みに、進は安堵の息をつく。

「響」

緊張の糸が解けたのか、それとも自分のしたことの恐ろしさに気づいたのか、進はぼろぼろと涙を零し始めた。

「大丈夫だ。何も怖いことはない」

響は血まみれの進をぎゅっと抱き締め、安心させるようにその背中をぽんぽんと叩く。

「響……」

「大丈夫だ」

響はいつまでも、泣き続ける進をきつく抱き締めていた。

「あとは……俺達の出番ってわけだ、相良」

「そうね。……でも、まあ……よかったよ。うん」

立花と相良は進に聞かれないようにこそこそと、酷く掠れた声で囁き合った。

何故、私と貴方《あなた》はこうして抱き合ってなければ生きて行けないのでしょう。
心臓がひとつなのです。貴方の鼓動《こどう》が私の鼓動。
何故、私と貴方は接吻を交わさなければ息が出来ないのでしょう。
愛しているからなのです。ほら、体がこんなにも熱い。
何故、私の体は血で汚れているのでしょう。
それは二人が交わる儀式なのです。避《さ》けては通れないのです。
何故、何故、何故。
ほら、ごらんなさい。
私達はとろりとろけて、こんなにもひとつになりました。
離れることは出来ません。もう出来ないのです。
なんと気持ちのよいことでしょう。
貴方の思考と私の思考が絡み合い、うたかたのように現れては消えてゆく。
とろりとろけて、離れない。
もう決して…離れられない。
いいえ、違う。離れない。決して決して、離れない。
ああそうでした。離さない。決して決して、離さない。

それが例え闇の中でも大丈夫。

ええ、大丈夫。貴方がいるのならば。

二人して、地獄の果てまで参《まい》りましょう。

参りましょう。彼岸を渡って行きましょう。

ああ、楽し。

ああ、嬉し。

さあさ、とろりとろけた体を起こし。

さあさ、とろけて参りましょう。


進は布団に潜ったままぴくりとも動かなかった。

「進。さっさと出てこい」

響の誘いにも乗らない。

太陽はもうとうの昔に地面を照りつけているというのに。

「進」

「響。俺は……なんてことをしたんだ……」

布団の中から震える声がする。

「ん？」

「俺は人を殺した。殺して、切り刻んだ」

布団の中で、進ががたがたと震えた。

「お前は何もしてない」

「俺は人を殺した」

「俺が望んだことだ」

響は呟くと、布団の中に腕を入れて進の体をまさぐり始めた。

「い、いやだ……っ」

「お前は悪いことは何一つしていない」

「だめ……っ……響……っ……こんなときに……っ」

進はすぐに甘い吐息を吐く。

慣らされた体はほんの些細な愛撫にも耐えられない。

「お前は俺のことだけを考えていればいい。分かったな…？」

「でも……でも俺は……」

響は、進を慰めるために、微笑みながら布団の中にもぐり込む。

「俺は人殺しだ」

進は響の腰に自分の股を擦り付けながら囁いた。

「俺とお揃いで、嬉しいだろう？」

「響」

「お揃いだぞ、ほら、喜べ」

響の声に、進は泣き笑いの表情を浮かべる。

「そうか……俺は……響と……お揃い」

「ああ。俺達はどんどん似ていく」

「……嬉しい」

進は響にもたれて目を閉じた。

「俺は絶対に、何があってもお前を離したりしない。壊れても離さない」

優しく、けれど高圧的《こうあつてき》な響の囁き。

進は僅かに頷く。

それを見て、響はまた微笑んだ。

進がみゆきを殺した後から、響はなにかにつけて笑うようになった。

開き直ったのか、はたまた彼岸を渡りたいのか。

「俺は響の笑った顔が好きだ……とても愛しい」

「そうか」

「綺麗だ」

「そうか」

響は進の胸をはだけさせ、勃ち上がっている乳首をやんわりと噛んだ。

「あ……っ」

進は自ら足を大きく広げて誘う。

「響、もっと……」

「分かってる」

「優しくしないで……俺に……酷いことをしてくれ……殴ってもいい、蹴ってもいい。酷いことをして……俺を痛めつけて……っ」

進は両手で響の肩を掴み、その喉元に噛みついた。

「進……っ」

「お願い……お願いだから……俺を苛めてくれ。響に苛めて欲しい。酷いことをされたい。もう……我慢出来ない……っ……」

響は、自分からこんなふうにねだる進を見たのは初めてだった。

進が変わった。

みゆきを殺すまではこんなじゃなかった。

こんなふうに、酷くしてくれとねだる男ではなかった。

あからさまに苛めてくれと言う男ではなかった。

けれど響は唇の端を歪めると、蕩《とろ》りととろけてしまいそうな微笑みを浮かべた。

「そんなに苛められたいのか？　進」

響は、進の乳首を力任せにつまみ上げげながら尋ねる。

すると進は、なんとも艶やかな声を上げて「酷いことをされたい」と、完全に勃起した性器を見せつけて腰を揺らした。

「じゃあ……どんなふうに苛めてやろうか？　後ろ手に縛り上げて気絶するまで責めてやろうか？　それとも張形を尻に入れたままで街まで連れて行ってやろうか？」

「あ……っ……聞くだけで感じてしまう……っ……」

「それだと、酷いことにならない。そうだな……桜をもっと増やそうか？　お前の両足に桜の花を咲かせる。あれは辛かっただろう？」

「ん……。針を打たれるときは痛くて……傷の治りかけは……むず痒《がゆ》くていつも勃起していた……あれは……辛いよ……響……っ」

そう言いながら、進は鈴口から先走りを溢れさせる。

「じゃあ桜を増やそう」

「ん。……俺……こんなふうに……ねだってばかりで……っ……どんどん……おかしくなっていく。一日中、響に触られて感じていたいと……気持ちよくなっていたいと、それだけ思っている」

「俺も同じ気持ちなんだから……構うものか」

響はそう言って、進の乳首を弄っていた指をするりと脇腹に下ろし、今度は脇の下に向かって指を這わせた。

「あっ……はぁ……っ……あああああっ」

脇腹から脇の下を逆撫でられて、進は背を仰け反らせて悶える。

「だめっ……響……っ……くすぐったい……そこ……っ……やめ……ああああっ！」

絶妙の指の動きで何度も逆撫でられ、そのまま脇の下をくすぐられて、進は顔を真っ赤にして腰を振った。

「響……っ……響……っ……頭がおかしくなる……っ……感じすぎて……あああっ！　だめ、だめ……っ」

「おかしくなれ。壊れてもいい。俺がずっと一緒だ」

響は、進の両手を万歳《ばんざい》した状態で浴衣の帯で縛り、床の間《とこのま》の柱にくくりつける。そして、すっかり無防備になった脇腹を嬲り始めた。

指先が触れるかどうかの絶妙な動きの響の指は、執拗に脇腹と脇の下を責める。

進は最初はくすぐったいと感じていたが、執拗に繰り返される狂おしいもどかしさに泣き喚いた。

脇腹を責めながら乳首を乱暴に嬲ってやると、進は初めて射精をせずに絶頂を迎えた。

「まるで女のように達するんだな」

響は、自分が進をそういう体にしたのだと嬉しく思い、今度は陰嚢を弄ってみた。

すると進は、ほんの少し陰嚢を揉まれただけで続けて何度も絶頂を迎え、ついには響の目の前で失禁した。

「も……っ……俺……気持ちよすぎて……死んでしまう……っ……響……恥ずかしいのに、どうしてこんなに……気持ちいいんだ……」

「俺が……お前のそういう姿を見たいんだ。辱めて、泣かせて、俺から逃げられないようにしたい」

響は、失禁と吐精で汚れた進の桜を指先で辿り、そっと囁く。

「響にしてほしい。もっと酷いことを……たくさん」

「ああ。なんでもしてやる。お前が望むまま。俺が望むまま」

「嬉しい」

進が響にそっとしがみつく。

響も進を抱き締める。

「どこまでも、二人で……。そうだな、たとえば……彼岸の向こうまで」

主と犬は心を通わせ、あっという間にお揃いになった。

二人で仲良く人殺しになった。

どちらも逃げない逃がさない。

壊れてしまっても傍に置く。捨てることはない。

もしも……捨てられるなら二人で一緒だ。

この世から捨てられるならば。

「響……愛しい」

愛欲の沼にどっぷりと浸《つ》かりながら、進がそっと囁いた。

相良は煙草を吸いながら離れの庭に立ち、部屋の中から聞こえてくる淫猥な声に耳を傾けていた。

「首尾はどうだった？」

後ろから猫足で立花が声をかける。

「まあね。決めてた通りに裏山に捨ててきたよ。今頃は野犬に骨まで喰われちまってんじゃないの？」

「そうか」

「ところで、俺が捨てに行ったあれの中に、一つ足りないものがあったんだが、軍医殿」

相良の意味深な囁きに、立花は「聞かぬが花さ」と言い返す。

「まあね、丁度あれくらいの大きさのがなかったからさ。……綺麗に洗ってホルマリンに漬けておいた」

立花はくすくす笑いながら、相良から貰い煙草をした。

また、部屋の中から進の悲鳴が聞こえてくる。

「なんで……響なのかなぁ、進ちゃんは」

「それは俺が聞きたいくらいだよ」

彼は棒切《ぼうき》れで、そこら中に無造作に置かれている石をひっくり返し始める。

部屋の奥からは進が響の名を呼ぶ、切なげな声が響き続けていた。

「あいつらはどうなっちまうんだろうねぇ？　立花」

「俺達と同じになるのか、違うかは……誰にも分からないよ」

立花は「おお」と目を見開いて、石の下から湧き出した生き物を見つめる。

「相良。離れの台所から塩持ってきてくれないか？」

「いいけど……」

彼は怪訝に思いながらも、その場を後にした。

「どこまでも同じになっていくなんて、そんなことがあるのか？　どんなに好いていても、叶わぬ思いは常に存在するというのに。あの男は、あの二人は……何もかもを犠牲《ぎせい》にして……」

立花は、母になってくれたかもしれない美しい女性を思いながら、ブツブツと呟いた。

「ずるい奴だ。何もかもを一人占《じ》めしやがって」

「何がずるいの？　立花さんよ」

相良は塩の入ったツボを両手に持ち、首を傾げる。

「なんでもないよ、相良さん。………あ、ありがとうね、塩」

「ところで何すんの？　それ……」

「ま、見てなさいよ」

そう言うと立花は再びしゃがみ込んで、暗闇の生き物に塩をかけ始めた。

「あら蛞蝓《なめくじ》」

きょとんとする相良をよそに、立花は嬉しそうに、絡み合った蛞蝓が溶ける様《さま》を見つめている。

「見事にくっついちまったねぇ、二匹とも」

相良はあっけらかんと感想を述《の》べ、立花に苦笑される。

「離れたくても離れられないんだよ。明るみの下じゃ生きていけないんだから」

「離れたくないからくっついてるんだろうさ。そう思おうよ。ねえ？」

言い切る相良の顔を、立花はじっと見つめた。

このやくざな彫り師の色男は、もしかしたら自分よりもずっとあの二人を理解しているのかも知れないと思った。

蛞蝓はのたうつように、ぬらぬらとした体液を互いに擦り付け合いながら、一つに蕩けていく。

「あいつら……さっさと彼岸を渡っちまえばいいんだっ！」

立花はそう吐き捨て、足もとの、溶けて一つになった蛞蝓をぎゅっと踏みにじる。

相良はしかめっ面をしたが、しかし、深く頷いた。


小さな離れの小さな部屋では、響と進がとろりととろけて一つになっていた。

彼らの首には目には見えない戒めが絞まっている。

囚われた。

もうどこにも逃げられない。

そして。

戒めを解く鍵を持っている進は、主人と言う名の奴隷《どれい》の腕の中で安らいでいた。


この小さな。

箱庭のような家だけが。

世界のすべて。
命の限り。
捕らえ、囚われ。
いつまでも、いつまでも。
彼らの心が彼岸を渡り切ってしまうまで。

「ずっと……響と一緒にいる」
小さな離れの小さな部屋の、一人しか収まらない布団の中で、進は響と接吻を交わしながらそう呟いた。

あとがき

はじめまして&こんにちは。髙月《こうづき》まつりです。

今回は……大変手に取りづらいタイトルの本を読んでくださって、本当にありがとうございました。

しかもシリアスです。「え？　髙月まつりのシリアス？　えぇ～？」と驚かれる方もいるかと思いますが、昔は結構シリアスを書いておりました。

また、「このタイトル知ってる」という剛《ごう》の読者さんもおられると思います。

まあなんだ、初出《しょしゅつ》と比べてみてください。全面改訂《かいてい》をしておりますから。

ほぼ書き直した結果、マイルドになった描写がかなりあります。世情《せじょう》です。

その分、主役二人の歪《ゆが》みまくったラブとかエロとか、むちむちに詰め込んでみました。

自分は、どうしようもなく駄目《だめ》な人達が必死に恋愛してるというか、愛というより依存《いぞん》というか、とにかく、周りから見たら「それは世間《せけん》では不幸と言います」という状況《じょうきょう》でも、「自分達が幸せと思えばそれでいい」というカップリングがとても好きなんだなということを、再確認しました。

愛を乞《こ》うとか、愛などいらぬと叫ぶとか、愛してくれないならいっそ殺すとか、そういうものにグッときます。

イラストを描いてくださったサマミヤアカザ様、ありがとうございました。そして、いろいろとご迷惑《めいわく》をおかけして申し訳ありませんでした。美麗《びれい》な響《ひびき》&進《すすむ》の表紙絵は、宝物です。本当にありがとうございました。

編集さんにも滅茶苦茶《めちゃくちゃ》ご迷惑をおかけしました。すみませんでした。待っていてくださってありがとうございました。

最後まで読んでくださってありがとうございます。

次回作でお会いできれば幸いです。

高月まつり

もえぎ文庫をお買い上げ頂き、ありがとうございます。
この作品を読んでのご意見・ご感想をお待ちしております。

【宛先】〒141-8412　東京都品川区西五反田2-11-8-17F
（株）学研パブリッシング「もえぎ文庫編集部」

奴隷城

著者：高月まつり　イラスト：サマミヤアカザ

2011年9月27日第1刷発行

発行人	脇谷典利
編集人	中路 靖
総括編集長	近藤一彦
編集	鈴木洋名
発行所	株式会社　学研パブリッシング 〒141-8412　東京都品川区西五反田2-11-8
発売元	株式会社　学研マーケティング 〒141-8415　東京都品川区西五反田2-11-8
企画編集	オーパーツ
本文デザイン	企画室ミクロ
印刷・製本	図書印刷株式会社

★ご購入・ご注文はお近くの書店様にお願い致します。

★この本に関するお問い合わせは、次のところにお願い致します。
〈電話の場合〉
●編集内容については〔編集部直通〕03-6431-1499
●不良品（乱丁・落丁）については〔販売部直通〕03-6431-1201
〈文書の場合〉
〒141-8418　東京都品川区西五反田2-11-8　学研お客様センター
「もえぎ文庫　奴隷城」係

★この本以外の学研商品に関するお問い合わせは下記まで。
電話　03-6431-1002（学研お客様センター）

●もえぎ文庫のホームページ　http://gakken-publishing.jp/moegi/

定価はカバーに表示してあります。

この本は製版フィルムを使用しないCTP方式で印刷しています。